最美文
Zui Meiwen
华语心灵畅销佳作

最美文

让春天听见我的心跳

一路开花　陈晓辉／主编

煤炭工业出版社
·北京·

图书在版编目（CIP）数据

让春天听见我的心跳 / 一路开花，陈晓辉主编. --- 北京：煤炭工业出版社，2016（2023.1 重印）

（最美文）

ISBN 978－7－5020－5445－8

Ⅰ.①让… Ⅱ.①一… ②陈… Ⅲ.①散文集—中国—当代 Ⅳ.①I267

中国版本图书馆 CIP 数据核字(2016)第 181167 号

让春天听见我的心跳

主　　编	一路开花　陈晓辉
责任编辑	马明仁
编　　辑	郭浩亮
封面设计	宋双成
出版发行	煤炭工业出版社（北京市朝阳区芍药居 35 号　100029）
电　　话	010－84657898（总编室）
	010－64018321（发行部）　010－84657880（读者服务部）
电子信箱	cciph612@126.com
网　　址	www.cciph.com.cn
印　　刷	北京飞达印刷有限责任公司
经　　销	全国新华书店
开　　本	710mm×1000mm $^1/_{16}$　印张　14　字数　200 千字
版　　次	2016 年 9 月第 1 版　2023 年 1 月第 4 次印刷
社内编号	8308　　　　　定价　46.00 元

版权所有　违者必究

本书如有缺页、倒页、脱页等质量问题，本社负责调换，电话:010－84657880

第一辑 爱阳光

粽子里的乡愁（文/琦君）······ 002

少年小鱼（文/侯拥华）······ 005

笔中情缘（文/[美]丹·皮诺克 孙开元 编译）······ 008

只在身份证上叫帖怡诺的姑娘（文/雪妍）······ 011

救命钱（文/凤凰）······ 019

悲伤照片（文/[美]詹姆斯·梭姆 孙开元 编译）······ 022

我的下厨纪事（文/朱向青）······ 025

"携职"的"必胜客"（文/段奇清）······ 028

爱阳光（文/陈华清）······ 032

第二辑 给父亲一所房子

舞者（文/李红都）······ 038

给父亲一所房子（文/李军民）······ 044

娘子（文/许冬林）······ 048

清汤白丸元宵夜（文/小菁）······ 051

尘埃里，拾一炉温暖（文/雨街）······ 055

门前那张小条凳（文/李曼）······ 058

你是我的孩子（文/张素燕）······ 061

原来我们永远都是孩子（文/林玉椿）······ 063

让春天听见我的心跳（文/张君燕）······ 066

山村的祖父（文/文小圣）······ 069

第三辑　你曾经说过的最温暖的话

腊月（文/许家姑娘）……074

淡淡柠檬香（文/[澳]沃洛妮加·达伊曼　孙开元　编译）……077

我演圣诞老人（文/[美]查尔斯·霍尔　孙开元　编译）……080

给我一个帮助你的理由（文/李军民）……083

向死而生（文/凉月满天）……086

舌尖上的夏天（文/宋佩华）……089

你曾经说过的最温暖的话（文/安宁）……092

女人的阳台（文/冬晴）……095

且接且珍惜（文/星船）……098

第四辑　天使住在我楼上

天使住在我楼上（文/赵丰超）……102

一声问候（文/孙道荣）……106

纸上寄真情（文/[菲律宾]卡梅尔·瓦伦西亚　孙开元　编译）……109

是什么抚平青春的伤口（文/冠豸）……112

尘世中，那些直入人心的美（文/君燕）……116

只因了你的暖（文/清露流晨）……120

爱情曾经那么慢（文/许十二）……122

二十岁奠礼（文/杨张光）……125

捐赠心灵的安宁（文/沈岳明）……129

豆花情缘（文/向青）……132

第五辑　做好分内事就能感动世界

江南的冬（文／向青）…… 136
老先生的课（文／安宁）…… 138
饭，吃不下去就回家（文／胡识）…… 141
谢谢你，给我温柔（文／阿识学长）…… 144
会长不忧伤（文／后天男孩）…… 151
刺桐花谢了，刺桐花开了（文／青山绿水）…… 156
亲情飘扬的"希望营地"（文／清翔）…… 159
用工薪为身边人预备退休金（文／大可）…… 162
做好分内事就能感动世界（文／梅若雪）…… 164
孩子，你们是好样的（文／萨蒂）…… 166

第六辑　送个假期给爸爸

哭泣的雪花（文／肃琰）…… 170
还有谁像林子桐一样"傻"（文／太子光）…… 173
你不坚强，流泪给谁看（文／阿杜）…… 178
脚下的流沙（文／李良旭）…… 182
灵魂的救赎（文／旭旭）…… 185
爱不单行（文／木子）…… 189
最后一束康乃馨（文／追梦人）…… 192
尘埃里的上帝（文／李代金）…… 195
送个假期给爸爸（文／宝谷）…… 198
父亲的爱情借口（文／君燕）…… 201
尘世小暖（文／顾晓蕊）…… 207
藏在心底的那一抹柔软（文／晓蕊）…… 210
那些幸存的孩子（文／卓然客）…… 214

第一辑

爱阳光

  我以为你不会喜欢我，就像我不会喜欢你一样，可在转身之后才发现，你已经成为我生活的一部分。我们都有自己缺失的部分，上天安排这样的相遇，是为了让我们能够彼此补充完整。不管岁月有多漫长，即使都是寒冷的夜，也能感受炭火浓浓的暖意。

Zui Meiwen

粽子里的乡愁

文 / 琦君

异乡客地，越是没有年节的气氛，越是怀念旧时代的年节情景。

端阳是个大节，也是母亲大忙特忙、大显身手的好时光。想起她灵活的双手，裹着四角玲珑的粽子，就好像马上闻到那股子粽香了。

母亲包的粽子，种类很多，莲子红枣粽只包少许几个，是专为供佛的素粽。荤的豆沙粽、猪肉粽、火腿粽可以供祖先，供过以后称之为"子孙粽"。吃了将会保佑后代儿孙绵延。包得最多的是红豆粽、白米粽和灰汤粽。一家人享受以外，还要布施乞丐。母亲总是为乞丐大量地准备一些，美其名曰"富贵粽"。

我最喜欢吃的是灰汤粽。那是用旱稻草烧成灰，铺在白布上，拿开水一冲。滴下的热汤呈深褐色，内含大量的碱。把包好的白米粽浸泡灰汤中一段时间（大约一夜吧），提出来煮熟，就是浅咖啡色带碱味的灰汤粽。那股特别的清香，是其他粽子所不及的。

我一口气可以吃两个，因为灰汤粽不但不碍胃，反而有帮助消化之功。过节时若吃得过饱，母亲就用灰汤粽焙成灰，叫我用开水送服，胃就舒服了。完全是自然食物的自然治疗法。

端午节那天，乞丐一早就来讨粽子。真个是门庭若市。我帮着长工阿荣提着富贵粽，一个个地分。忙得不亦乐乎。乞丐常常高声地喊："太太，高升点（意谓多给点）。明里去了暗里来，积福积德，保佑你大富大贵啊！"母亲总是从厨房里出来，连声说："大家有福，大家有福。"

乞丐去后，我问母亲："他们讨饭吃，有什么福呢？"母亲正色道："不要这样讲。谁能保证一生一世享福？谁又能保证下一世有福还是没福？福要靠自己修的。时时刻刻要存好心，要惜福最要紧。他们做乞丐的，并不是一个个都是好吃懒做的，有的是一时做错了事，败了家业。有的是上一代没积福，害了他们。你看那些孩子，跟着爹娘日晒雨淋地讨饭，他们做错了什么？有什么罪过呢？"

母亲的话，在我心头重重地敲了一下。因而每回看到乞丐们背上背的婴儿，小脑袋晃来晃去，在太阳里晒着，雨里淋着，心里就有说不出的难过。当我把粽子递给小乞丐时，他们伸出黑漆漆的双手接过去，嘴里说着："谢谢你啊！"眼睛睁得大大的，看我一身的新衣服。

他们有许多都和我差不多年纪，差不多高矮。我就会想，他们为什么当乞丐？我为什么住这样的大房子，有好东西吃，有书读？想想妈妈说的，谁能保证一生一世享福，心里就害怕起来。

有一回，一个小女孩悄声对我说："再给我一个粽子吧。我阿婆有病走不动，我带回去给她吃。"我连忙给她一个大大的灰汤粽。她又说："灰汤粽是咬食的（帮助消化），我们没什么肉吃呀。"

我听了很难过，就去厨房里拿一个肉粽给她，她没有等我，已经走得很远了。我追上去把粽子给她。我说："你有阿婆，我没有阿婆了。"她看了我半晌说："我也没有阿婆，是我后娘叫我这么说的。"我吃惊地问："你后娘？"她说："是啊！她常常打我，用手指甲掐我，你看我手上脚上都有紫印。"

听了她的话，我眼泪马上流出来了，我再也不嫌她脏，拉着她的手说："你不要讨饭了，我求妈妈收留你，你帮我们做事，我们一同玩，我教你认字。"她静静地看着我，摇摇头说："我没这个福分。"

她甩开我的手,很快地跑了。

我回来呆呆地想了好久,告诉母亲,母亲也呆呆地想了好久,叹口气说:"我也不知道要怎样做才周全,世上苦命的人太多了。"

日月飞逝,那个讨粽子的小女孩,她一脸悲苦的神情,她一双吃惊的眼睛和她坚决地快跑而逝的背影,时常浮现在我心头,她小小年纪,是真的认命,还是更喜欢过乞讨的流浪生活?如果她仍在人间的话,也已是年逾七旬的老妪了。人世茫茫,她究竟活得怎样,现在哪里呢?

每年的端午节来临时,我很少吃粽子,更无从吃到清香的灰汤粽。母亲细嫩的手艺和琐琐屑屑的事,都只能在不尽的怀念中追寻了。

少年小鱼

文 / 侯拥华

> 世上只有妈妈好，没妈的孩子像根草。
>
> ——《世上只有妈妈好》

每天傍晚开晚饭的时候，小鱼就会从学校里溜出来，走很远的路，跑到网吧。他推开门，并不完全进去，只眼巴巴地望向吧台——他期待着我能抬起头看他一眼，给他一缕温暖的目光，或是浅浅的一个微笑。每次他来，我就会丢下手里的活儿，抬起头对他说："小鱼，你又想妈妈了？"

小鱼便很虔诚地点点头。

小鱼每次来，并不玩游戏，他只是为了看我一眼，然后转身飞快地跑掉。

每次看见他消瘦的身影和寂寞的眼神，我的心就一颤，真想拥他入怀。

小鱼的家并不在这座海滨之城，而是在遥远北方的一座深山里。深山里，没有河流，也没有小溪，到处都是石头和树木。这条可怜的小鱼到哪里去游泳呢？

小鱼出生前一天，妈妈做了一个奇怪的梦。梦里是一个宽阔无边的蔚蓝大海，妈妈站在海边举目望向远方，一条调皮的小鱼在她的脚边轻轻咬着她的脚丫，不忍离去。第二天小鱼就出生了。妈妈便给他起了一个奇特的名字——于小鱼。

"小鱼是游向大海的。亲爱的小鱼，你什么时候才能在大海里游泳

呀?"望着襁褓里不会说话的小鱼,妈妈禁不住这样对他说。小鱼听不懂妈妈的话,只会咿咿呀呀。

半年后,爸爸、妈妈离开了家乡,到县城里打工去了。把小鱼留给了爷爷、奶奶看管。为了小鱼游向大海的梦想,爸爸、妈妈有许多事情要做。一年后,妈妈回来看小鱼的时候,小鱼已经会蹒跚走路了,可是小鱼还不会叫妈妈——他不知道妈妈长什么样子,或许他已经忘了妈妈的样子。妈妈只是抱了抱小鱼,亲了几口,很快就又走了。小鱼还没有和妈妈亲够呢,妈妈就走了,望着妈妈远去的背影,小鱼眼睛里只有空落落的失望。接下来的时间,孤单的小鱼只有和年老的爷爷、奶奶为伴,而陪他玩耍最多的是院子里那只叫老黑的狗。小鱼一哭、一笑或者一叫,老黑都会冲黑洞洞的屋子汪汪地狂吠几声。多半时间,奶奶是不会出现的,奶奶有忙不完的活儿。

三岁的时候,小鱼被妈妈带到县城里上幼儿园。小鱼的幸福日子终于来到。小鱼和爸爸、妈妈住在一间不足10平方米的小出租屋里,最大的家具就是一张双人床。屋子虽小,可是很温暖。每天一早,小鱼就坐在妈妈的后车座上,一边和妈妈说话,一边用好奇的眼睛望向熙熙攘攘的四周。每天放学后,小鱼就站在幼儿园门口,盼着妈妈早点来接他回家,可是每天妈妈都是最后一个出现。天要黑下来的时候,妈妈才骑着一辆叮当作响的自行车慌慌张张地赶来。

6岁那年,爸爸、妈妈和小鱼商量,离开小县城到南方去。小鱼眼睛睁得大大的,不解地望着他们。妈妈看了看小鱼,高兴地对小鱼说:"因为这里没有大海,我们只有把我们家的小鱼送到大海边,我们家的小鱼才会奔向大海,在大海里快乐地自由自在地游泳呀!"

为了小鱼成长的梦想,爸爸、妈妈把小鱼带到了这座海滨之城,然后把他送进一家临近海边的私立学校。一个月妈妈才来看望小鱼一次。

班里有几个像小鱼这样的孩子,想妈妈想得厉害的时候就会哭,可是小鱼不会。想爸爸、妈妈了,小鱼会推开窗户,让咸湿的海风吹进来,望一望远处的大海——他想，这一刻，爸爸、妈妈或许就在远处某一艘渔船上忙碌着。渔船很小，只能看见冒出海面的尖尖的桅杆。小鱼的眼泪便像咸涩的海水，扑簌簌，无声地默默地从眼睛里落下来，灌进嘴巴里。此刻，小鱼的心里就像大海的波涛一样汹涌。班里有个叫小莫的男孩悄悄对小鱼说，想妈妈厉害了，他会拼命地打游戏，只有沉迷在游戏中他才会把妈妈忘掉。可是，小鱼没有游戏机，但小鱼知道网吧里可以打游戏。

那个夕阳西下的傍晚，小鱼第一次找借口从学校里溜出来，跑了几条街道，才找到一家网吧。

推开门的那个瞬间，小鱼愣住了。小鱼望着坐在吧台后面的我，轻轻叫了一声——妈妈！

可我并不是小鱼的妈妈，只是和他的妈妈长得有点像罢了。

那天，我拉小鱼坐在身边，听小鱼讲他和爸爸、妈妈的故事。

再后来，每次看见小鱼出现在我眼前的时候，我就想流眼泪。

我没告诉小鱼我的故事。我也有一个和小鱼一样大，长得虎头虎脑的男孩子，现在他还在老家深山的一座石头房子里读书。我也想把他带过来，送进和小鱼上的那家一样好的私立学校。但是现在我攒的积蓄，还远远不够他来到这座海滨小城生活和上学所用。作为一个背井离乡长年漂泊在外的打工者，这何尝不是一种奢望呢？

载于《意林》

我们看到的不止是一个孩子，而是无数个留守儿童内心对父母的渴望。可是在这样的大环境下，似乎也没什么更好的办法。那些出外打工的父母，又何尝不在想念孩子呢？

笔中情缘

文/[美]丹·皮诺克 孙开元 编译

> 爱是生命的火焰,没有它,一切变成黑夜。
>
> ——罗曼·罗兰

那是1999年的一天,天气炎热,万里无云,我正在埃塞俄比亚的一座桥上站着,忽然一个男孩朝我跑了过来,并且做了个自我介绍。

"我叫马里斯特·德里斯,"他说,"我帮你体验一下埃塞俄比亚人的生活。"说完,他灵巧地把一个编织手链绕在了我的胳膊上。"不朝你要钱——只是交个朋友,好吗?"

"好的,马里斯特。"我回答。

"谢谢你。"马里斯特高兴地说道。

这座桥离巴哈达尔市不远,横跨源头是塔纳湖的青尼罗河水流湍急的主河道。马里斯特刚刚放学,想找个机会练习一下英语。

我低头看了看这个由绿色、黄色、红色三种颜色编织而成的精美手链,然后又看了看眼前的男孩,他的脸上带着灿烂的微笑,容貌可爱,有着一头浓黑的卷发。我知道他的祖国历史非常悠久,当欧洲人还在用泥和草盖房子时,他的祖先就开始建筑石头宫殿和优美的石像了。

"这些颜色有什么含义?"我问。

"绿色象征土地,黄色象征教堂,红色……红色……我想不起来了。也许你会自己弄清楚的。"他咧嘴笑了笑。

然后,他朝我要一支钢笔。

"只要一支钢笔?"我说,"我在非洲遇到的孩子一般都是要钱和好多东西。"

"是的,只要一支钢笔。我们没有笔就没法儿上学。我那支今天用坏了,家里很穷,没钱再给我买一支。我真的很想上学,我想以后有一天能当一名医生或是会计师,所以我必须要学习。你能送我一支钢笔吗?"

我旅行时喜欢带一盒圆珠笔,于是我给了他几支。他高兴极了,再次咧嘴笑了起来,虽然圆珠笔不如钢笔好。

"说一下你的地址,我会给你写信的。"他说。

"嗯,不过你最好给我女儿罗曼妮写信,"我答道,"她和你年纪差不多,我想你俩肯定会有很多有趣的事情讲给对方。"

回到南非开普敦不久,我女儿就收到了一封信,信封上贴着几张花花绿绿的邮票,还带有免邮费标志。信是马里斯特写的。

"我最亲爱的朋友,"信是这样开始的。他的信是用英语写的,带着漂亮的阿姆哈拉语的书写风格,他在信中谈到了他的家庭、巴哈达尔的村子和他以后成为专业人才的梦想。罗曼妮看到信后很高兴,立刻给他回了一封信。

就这样,两个孩子断断续续地互相通了几年信。可是后来,罗曼妮寄出的信没了回音。他离开学校了吗?也许他去一家农场干活了,附近没有邮局。抑或者他和很多乡下孩子一样,去首都亚的斯亚贝巴乞讨了,埃塞俄比亚在很久以来都是这么穷。

渐渐地,马里斯特成了我们记忆里的一部分。

2011年,我正在南非自由州省的旅行途中,手机突然响了起来。当时我正在开车,没想接这个电话,但是铃声响个不停,我只好把手机拿了起来。

"你好,"一个声音在电话里说,"你是丹·皮诺克先生吗?"

"是。你是谁？"

"我是马里斯特·德里斯，你在埃塞俄比亚尼罗桥上遇到的那个人，还记得我吗？"

"当然记得了。"我说。

"我是在你的个人网站上看到你的电话的。"他说道。由于这里的信号很差，所以他向我问了电子邮箱。

"我会给你发邮件的。"说完，他就把电话挂了。我一时很纳闷儿，不知道在那座桥上遇见的那个瘦得皮包骨的穷孩子现在怎么能上网，还能打电话。

几个星期过去了，我没看到他发来的电子邮件，但是后来有一天，我终于收到了一封。

"亲爱的皮诺克，很高兴我又能和你说话了！我试过很多次给你发电子邮件和打电话，可直到现在才能发出。那天能打通电话真是幸运，从上次通话到现在这些天你过得怎么样？"

马里斯特在邮件里说，他最初想去荷兰学习，但是因故没去成。后来他去了伦敦，在过去四年里一直在那里。他在邮件的最后讲了他最好的消息：

"我正在伦敦布鲁内耳大学学习，学的是注册会计师的课程。我们以后保持联系，上帝保佑你和你的家人。再有，谢谢当年你送给我那几支圆珠笔。

你的真诚朋友，马里斯特。"

载于《意林》

有些东西对自己来说可有可无，可是最别人来说，就是一份珍贵的礼物。愿我们都可以播撒爱的种子。

只在身份证上叫帖怡诺的姑娘

文 / 雪炘

名不见经传的战争,力所不能及的青春,沿途狂奔。

——张嘉佳

一

我就读的大学是民办贵族学校,有钱就能进,一年对外的广告费就成百上千万,学生中多是富家子弟。他们有一个共同特点,就是性格乖张、视钱财如粪土,什么事都敢做,而且喜欢欺负弱小和搞破坏。

云小雪可谓是当中极品。

云小雪是她的尊姓大名,在身份证上叫帖怡诺。初识她的人,都会迷糊,问她到底叫什么。她总回答得云淡风轻,身份证用来泡男人,尊姓大名讨生活。

让她感到羞辱的是,每个正式场合,她都感觉自己在泡男人。

最初认识并记住她,是因为每次上课点名都缺她,点名结束她才大摇大摆进来。最终使她一举成名的是有一次她在教室里睡着了,上课时老师使劲点她的名;她被同学从梦中推醒,站起来就说:"老子今天没兴趣!"

全班目瞪口呆。

"你叫帖怡诺?"毛概老师扶了扶眼镜问道。

"我叫云小雪。"她清醒地说。

"那帖怡诺是谁？"老师又问道。

"我的身份证。"她回答说。

哄堂大笑把老师的眼镜震掉了。

最终，我们了解到身份证上不是她的名字，但一直改不过来。

老师说："名字只是个代名词，以身份证为准。"

谁料，她立马说："老婆也是个代名词，你能允许自己老婆睡在别人床上吗？"

她家是做广告的，每年不算捐资，光免费给学校做大型广告，就够校长感恩戴德的了。所以，这件事也没引起事端，就那么过去了。

二

云小雪之前不住我们宿舍，搬过来也是因为我。

新生入学那天，因为我想用军训的时间，给未完成的小说一个结局，所以惊动了系主任。可是，他觉得我是来捣乱的，不会给学校带来积极因素。于是，我就和他顶了几句，校领导们就盯上了我，我的名字也开始被传颂。

最终，我在学期末代表学校参加全国文学竞赛，并且获奖了。表彰大会上，我夺过主持人的话筒说："社会要想和谐稳定发展，就必须严厉打击连表面都看不透的文化教育者，不能让他毁掉我们的青春和未来！"

云小雪第一个站起来欢呼，一个箭步飞上台，抱着我狂转好几圈，差点儿使我患上眩晕症。

此刻，全场掌声雷动，久不停息。

刚刚成人的黄毛丫头，哪懂反思和收敛，只知道谁让我不爽，我就跟谁斗争到底。但我爸每月工资就几千块钱，跟云小雪不能比，所以我早做好了卷铺盖走人的准备。

可是，学校始终没有追究这件事，大概不想不打自招吧。

自从云小雪搬过来，就使劲跟我拉同盟，最后我们宿舍变成了尽人皆知的共产阶级组织。除了牙刷和内裤，东西都是通用的，只要打声招呼，知道不是外人拿的就行。一个人出了事情，全体总动员，每次压轴的必是云小雪，因为她比我们都有杀伤力。

她的口头禅是，你是让老娘在这里杀了你呢，还是让老娘在床上杀你？最终，以最丑恶的形式，将对方杀个片甲不留。

半年总结下来，我们跟女生的交集为零，有点专搞男生的感觉。这得从云小雪的属性说起，她一个学期谈了21场恋爱，甩了23个男生，因为有两次是同时谈两个。我们还没有记住她上个男朋友，她就已经从下场恋爱里脱身，拉我们去酒吧高歌了。

大二那年，她说美术系来了个牛人，想考中央美院，结果考了六年才委屈来到这里，她想去认识一下。我们都纷纷摇头，让她积点德，别把自己玩得孤独终老了。

她便破口大骂，你们这群女人，只有被男人玩的份儿！

我们集体用力回击，切——

三

张晓峰，男，24岁，美术系10级（2）班学生，住在男生2号公寓222室。经过追踪调查，云小雪将这组数据摆在我们面前。

舍友惊呼，果然是个二货。

我说，真是本命年，看来命中注定难逃此劫啊。

我们以各种形式见了他。瘦瘦高高的身量，长得干干净净，一派斯文的样子。我跟云小雪说，你真的要想好；我以前喜欢高个子男生，所以总是找班里最高的，我以为自己真的喜欢他，可他喜欢我后，我才发现从没喜欢过他。

云小雪大笑说，看到没有，女神也做过缺德事哎！

但她还是将缺德事一干到底。

我们宿舍跟男生2号公寓隔路相望，每晚熄灯前6秒，云小雪就打开窗户大喊，我叫冷然，对面的男同胞们，喜欢我的就留灯吧，我的心动男生是张晓峰！

此刻，只见对面楼上的灯瞬间全黑，她就彻底笑疯了。

她把宿舍每个人的名字，都这样循环喊一遍，后来每次熄灯前，对面的男生就把头齐刷刷地伸出窗户。

冷然是出名的急性子，看她总是雷声大雨点小，就把她的头摁在窗外，大喊，我叫云小雪，身高150，体重145，一头黄色短发，衣服黑色控，外配墨镜、口香糖和血红色唇彩；我从第一眼就喜欢张晓峰，不管你是否为我留灯，我都要去你家！

刹那间一片漆黑。

全体骚动、欢呼，云小雪和冷然打成一团。此刻，一道手电筒的光斜打进来，听见有男生喊，我叫张晓峰，身高180，体重136，喜欢穿白色的衬衫，是骑着王子的白马；我想留灯给你，可是电闸师傅不给力，明天中午湖边见好吗？

那晚，比除夕夜还举国同庆，害校领导亲自来镇压。

四

我们知道那段话不是张晓峰说的，可他们的约会是万人瞩目的盛筵，不去岂不有损自己的招牌？

云小雪说，老子拼了，有种他别出现！

他真的来了，被五个男生押着。冷然在湖边打电话说，来了，来了，让小雪快点出来。

云小雪坚持凶悍的装扮，说她就是这样，爱喜欢不喜欢。

她站在222宿舍男生面前问道："昨晚谁喊的，给老子站出来！"

222集体说，你的心动男生，张晓峰啊！

她看看低着头的他，问他是否喜欢自己。

他狠狠看了她一眼，挣脱出舍友的扣押，转身就走。

为此，冷然追到他们宿舍，踩着凳子喊，躲？那你就别惹！惹？那你就别躲！

云小雪说，他妈的老子就不信，横空出世这么多年，竟然搞不定一个张晓峰！

于是，她展开了空前绝后的攻势。

先是争取当上卫生委员，借机去他宿舍偷他的笔记本，不多不少520本；然后利用一切时间制造偶遇，不是把他的书撞一地，就是将他的饭菜洒自己一身；接下来直接跟他去上课，天荒地老，打死不走；最后是每天的爱心早餐、爱心水果，满眼都是"色色"的心形。

冷然说："至于吗？你平时不是直接拉回家吗？"

云小雪说："你懂个屁，他跟别人能比吗？"

是，别人三分钟就搞定，他三个月都不肯和她说一句话，怎么能比呢？我们以为他会是她今生最大的败笔，她已经失去耐心，跟一群男生去飙车。可是，由于心情不好，她在路上出了事故。

此消息一出，全校奔走相告，成为特大新闻之一。登上校园新闻头条的是张晓峰跑进医院，怒斥了云小雪一句："你是傻帽儿啊！"

五

他们在一起了，像古往今来最让人吐血的传奇。

从此，各种秀恩爱的相片，每天随处可见。冷然说，云小雪别忘了，秀恩爱死得快。

其实我们担心的不是他们真的会死，而是云小雪能否珍惜来之不易的

剧情。

这是她恋爱时间最长的一次，从那年冬天一直到第二年夏天，可最终他们还是分手了。她说他不懂浪漫，在一起没激情，她怕这种感觉。

她依旧呼朋唤友，宣告失恋，然后把自己喝得烂醉。

她说，你们知道吗？跟他在一起安静待着，我就会一遍遍想起我妈，只辛勤照顾一个人的生活起居，却不懂一点点浪漫，最后还不是被我爸的新欢搞自杀了？所以，我对男人产生不了爱，只有恨……

她说，我妈姓云，那个公司也是云氏家族的，我爸开始屁都没有，他配让我跟他姓吗……

她的眼泪一颗颗滑落酒杯中。

从此，张晓峰从我们的世界里消失，像不曾来过一样。她继续拉我观赏各种帅哥，只是再没交过男朋友，直到第二年开始实习。

张晓峰来找我，问："云小雪呢？"

"回上海了。"我答道。

"能留一下你的联系方式吗？"他说。

我愣了一秒钟，给了他我的电话，后来我们开始网聊。他每次都旁敲侧击，问云小雪的近况，可我只知道她在自己家工作。

有一天他说："如果她需要广告设计图，我可以帮她画，以前都是我帮她画的。"

我心头一热，说道："明白了。"

六

2014年3月，有事去上海，云小雪留我住了几天。

我们躺在床上聊天。我说："张晓峰总是问你，我都不知道要怎么说了。"

她沉默一会儿说："我要结婚了，我不想玩了。"

我说：“你不喜欢张晓峰吗？”

她说："现在说这些都没有用了。"

我说："那时你说害怕没有激情，只是在平淡中做着缺乏浪漫的事，其实我也怕。可是后来，他说要帮你画图，感觉怕没人像他那么帮你的时候，我就突然想明白了。"

她说："明白什么了？"

我说："蔡琴讲过一个故事，她离异后，一个人居住。有一天外出，她看到一个穿着工装的男人在街头吃盒饭，一个女人捧着一杯水，坐在他身边看着。可能男人吃得太快，噎着了，女人连忙将水端上。这一幕，突然让蔡琴感动不已。这样的场景浪漫吗？不浪漫。这样的生活平淡吗？很平淡。但如果把它定格下来，就是特别温馨，充满幸福的画面。人生那么漫长，能一直陪在身边的，一定是为你默默端茶倒水拉被子的人。"

她默默地说了一句："对啊。"

过了两分钟，她"嗖"地拿过我的手机，迅速给张晓峰发了一条信息："你喜欢云小雪吗？"

手机一明一暗，始终没有回复，她已经忘记要如何呼吸。直到凌晨，他才回过来一句："我一直都喜欢她。"

云小雪瞬间就哭了。

七

三个月后，我再赴上海，参加他们的婚礼。

我们打趣说："张晓峰，你动作够快啊，三个月前还是光杆司令，现在人生大事一次性都解决了。"

他笑笑说："托老天的福。"

云小雪在一边笑着附和，我们这叫天时地利人和，不结婚天理不容哎。

都说有爱的女人最漂亮，脸上都泛着幸福的光，我从没想过她能这样美。张晓峰将她抱上台，两人十指紧扣，说着恋爱的故事。

张晓峰原本家境不错，他从小喜欢画画，家里也很支持。他想考中央美院是真的，但不是传说中那样，而是在他高考那年，父亲突然身患重病。他帮母亲照顾父亲，直到父亲去世，母亲改嫁，他才想起自己的梦想。

通过亲戚介绍，他来到我们学校，想拾起画笔，可生活完全被云小雪打翻。他以为自己能挺过去，可这姑娘太凶悍，使他终究逃不过情感的冲刷。

云小雪离开后，他一边打工，一边上课，总感觉生活被掏空了。看到那条信息，他先把自己从头到脚整理了一番，然后才一字一句地回复。

他今年毕业，带着结婚证去领毕业证，感觉生活一下子就满满的。

云小雪在一旁笑出了泪光。

我以为你不会喜欢我，就像我不会喜欢你一样，可在转身之后才发现，你已经成为我生活的一部分。我们都有自己缺失的部分，上天安排这样的相遇，是为了能够彼此补充完整。不管岁月有多漫长，即使都是寒冷的夜，也能感受炭火浓浓的暖意。

从此，我不是我，你也不是你，只有我们是我们。

载于《疯狂阅读·最美文》

所有的风光都会烟消云散，唯一记得的就是那段疯狂的日子，不管是谁喜欢谁或者不喜欢谁，都将成为过去。

救命钱

文 / 凤凰

帮助他人的同时也帮助了自己。

——罗夫·瓦尔多·爱默森

布莱克是一个木匠，他走村串户为别人做家具。他做的家具不但好看，而且十分耐用，因此想请他做家具的人很多。但由于家具成本很高，所以许多原本想做家具的人家最终不得不放弃。活儿不多的时候，布莱克就远离了家乡。虽然他走得远，但很快他做的家具就赢得了主人的赞赏。一时间，使得他名声在外。渐渐地，布莱克接的活儿也就多了起来，当然，他离家乡也越来越远。有时候，一个活儿在这个镇，下一个活儿却又在另一个镇。

布莱克长年奔波在外，虽然很辛苦，但也给了他丰厚的回报。他不辞辛劳地工作，就是为了攒足钱，好修一座漂亮的大房子。到时候，他还将拥有一大片土地，这样他就可以在家种庄稼，跟家人待在一起，过温馨而幸福的生活了。为了这个目标，他想暂时辛苦一点，其实不算什么。每攒够一笔可观的数目，布莱克就把钱寄给妻子，让她开心一下。当然，在寄钱的同时，他还不忘给妻子写一封信，信里当然是对妻子的思念，对孩子的思念。

转眼间，布莱克就在外奔波了整整五年。在这五年里，他就只回过两次家，他太想家了！他算好了，只要再干一些活儿，就够修一座漂亮的大房子了。他想，他的手艺这么出色，到时候，他的房子将由他亲自设计，由他亲自建造，建出来的一定是世上最漂亮的房子，也一定是世上最坚固的房子，他一定会被写进历史。而他建造的房子，不但他能住一辈子，就是儿子和孙子也能住一辈子。怀着对未来美好的憧憬，布莱克笑眯了眼。

布莱克坐上汽车，赶往安德森家。半个月前，安德森就让人给他捎来了话，说有一批家具需要他打造。三个小时后，布莱克按照地址找到了安德森家。安德森的房子刚刚修建好，非常漂亮，他正需要打造一批家具，听说有个出色的木匠布莱克，便请他来做这批家具。布莱克受到了安德森一家的热情款待。因为是新房子，所需要打造的家具也就特别多，布莱克非常高兴，做完这批家具，他就可以回家了，因为到时候，他的钱就足够多了。

然而，布莱克的活儿才干了三天，安德森却突然病倒了，需要一大笔钱做手术，于是安德森决定不做家具了，他告诉布莱克，家里已经没有钱了。做家具的材料都买回来了，活儿也干了三天了，布莱克不愿意放弃，说他家有困难，工钱可以先欠着，等以后有钱了再给，他的活儿可不能半途而废。既然布莱克都把话说到这个份儿上了，安德森只好答应他把活儿干完。说实话，他也舍不得放弃，以后再也找不到布莱克这么出色的木匠了。

安德森的病出乎大家的意料，结果家里的积蓄花光了，病却没有好起来。安德森的妻子安娜四处借钱，可是却毫无着落。看着忧心的安娜，布莱克把自己正准备寄回去的一大笔钱拿出来，交给了她。安娜千恩万谢。这下好了，有了钱，安德森的病终于治好了。一周后，安德森出院回到了家，握着布莱克的手，他双眼潮湿，这是一个多好的木匠啊，不但愿意欠着工钱干活，还把自己的积蓄掏出来帮他，他激动得说不出一句话来。

不久，全部家具打造完毕，布莱克该走了。晚上，安德森说："布莱克先生，对不起！我们暂时付不起您的工钱。您留一个地址吧，我们会想办法尽快把工钱和借的钱一起寄给您！"布莱克留下了地址，说钱也不急着用，等他们什么时候有钱了，再还也行。布莱克知道，就现在安德森家的情况，一时半会儿，是绝对还不上他这笔钱的。安德森手术后，需要休息几个月才能干活，而他家里，还有两个孩子，一家人的开支可真不少！

且说布莱克走后，安德森和安娜商量，布莱克这么好的一个人，绝不能拖欠他的钱。于是他们想方设法，东拼西凑，总算凑足了还布莱克的钱，然后按照布莱克留下的地址，把钱寄了过去，他们如释重负。可让他们没想到的是，三天后，这笔钱却退了回来，原因是：地址错误。安德森和安娜面面相觑：地址错误？这怎么可能？这是布莱克亲自写的啊！他能写错？他们终于想明白了，布莱克看出他们困难，他是不想要这笔钱了！

安德森和安娜心中感慨："他真是一个好人啊！但愿上帝保佑他，让他挣更多的钱，让他们一家人都过上幸福的生活！"可是一个月后，他们得知了一个坏消息：布莱克所乘坐的回家的汽车翻下了山崖，没有一个人生还，并且没有找到一具完整的尸体。许多遇难的尸体，都被狼吃掉了。安德森和安娜闻知此噩耗泪流满面，好几天都睡不着。没想到，五年后，安德森居然意外地遇到了布莱克。他居然还活着，这是怎么回事啊？

原来，布莱克是准备坐那班汽车回家的，但他想，自己把钱给了安德森治病，回家也没有足够的钱修房子，于是就放弃了回家。布莱克说："幸好我把钱给了你们，要不然我就葬身山崖了。那笔钱，真是救命钱啊！"安德森笑了，那笔钱真是救命钱，救了自己，也救了布莱克。如今，40年过去了，但救命钱的事布莱克依然记忆犹新，他常常讲给人听，他希望大家明白：你所做的一切，上帝都看在眼里。上帝会保佑每一个好人。

载于《小小说月刊》

好人总会有好报的，有时候做好事看似是在帮别人，其实也是在帮自己。

悲伤照片

文 / [美]詹姆斯·梭姆 孙开元编译

> 爱人者，人恒爱之；敬人者，人恒敬之。
>
> ——《孟子》

那是15年前初春的一天，天色阴沉，树木刚刚抽芽。我当时是一名年轻的警察记者，开车来到了一个车祸现场。据广播员说，一个上年纪的男人开着卡车在自家门口倒车时，不小心压在了他的小孙女身上，孩子受了致命伤。

我在一排警车旁停好了车，这时我看到一位个子不高、穿着棉布工作服的白胡子男人正站在一辆卡车附近。几台摄像机对准了他，记者们纷纷把话筒伸向了他的面前。他看上去完全惊慌失措了，结结巴巴地回答记者们的问题，很多时候都只是动动嘴唇、眨着眼，却一句话也说不出来。

过了一会儿，记者们放弃了采访，跟着警察走进了一间白色的小房子。我至今记得老人绝望地低头看着车道上，孩子曾经待过的地方。房子旁边是新开出的一块花圃，还有一堆深色的种植土。

"我想把车倒到那里，给地培上好土，"他对我说，虽然我并没问他什么，"我根本不知道她在门外。"他的手伸向了花圃的方向，然后又垂了下来。他陷入了悔恨之中，我则如同所有敬业的记者一样走进房子，看有谁能提供几张出事孩子的近照。

几分钟后,我的口袋里装着一张可以在演播室展示的孩子的可爱照片,走向了厨房,警察们说孩子的尸体临时停放在那里。

我来时带了一台相机,大个头儿、功能多,一看就是记者常用的相机。孩子的家人们、警察、记者和摄影师们都已从房子里退了出来,站在院子里。我走进厨房,看到里面摆着一张塑料贴面的桌子,桌子上躺着孩子的小尸体,身上裹着一块干净的白被单。孩子的爷爷坐在桌子旁的一把椅子上,他没注意到我在场,只是失神地看着白布下的尸体。

屋子里一片安静,只能听到钟表在响着。这时,我看到这位爷爷缓缓地探身向前,伸出一只胳膊,抱住了桌上的小身躯,然后把脸贴在白布上,一动不动。

在那个寂静的时刻,我知道正是一张有获奖水平的新闻照片可以拍出的时机。我对好光圈,调好焦距,安好闪光灯,然后举起了照相机,选取拍摄角度。

场景中每一个细节都是完美的:爷爷穿着朴素的工作服,他的白发在光线的映衬下闪闪发亮,孩子的身上盖着白被单,窗户旁边的墙上挂着两只世界博览会的纪念盘,陈设简单的屋子里的这一切都衬托出一种凝重的气氛。从屋里可以看到警察在外面检查着那辆肇事卡车的后轮胎,孩子的妈妈和爸爸互相依偎着站在一旁。

我不知道在屋里站了多久,就是按不下手中的快门。我非常明白这张照片拍出后将会具有的震撼性效果,职业意识告诉我拍下它。但是,我不忍心让闪光灯去打扰这位可怜老人的哀思。

许久之后,我还是放下了手中的相机,悄悄走出了屋子,心里怀疑自己是否还有当一名记者的资格。当然,我从没告诉过刊物编辑或记者同事,我曾经错失了一次拍摄绝佳新闻图片的机会。

我们每一天都会在电视新闻和报纸上看到身处极度悲痛和绝望的境遇的人们,有时候,我看着新闻,就会想起那次放弃拍照时的情景。

至今我依然认为,我当时做对了。

载于《青年博览》

有时候我们应该给予生命足够的尊重,哪怕它只是一具尸体,尽管这样,那也是有尊严的。

我的下厨纪事

文 / 朱向青

人生应该如蜡烛一样,从顶燃到底,一直都是光明的。

——萧楚女

我不算一个巧妇,平时几乎属于"远庖厨"一族,却也有自己的一道拿手好菜,叫作红白豆腐。

这还是在儿子的激将之下才做出来的。饭桌上,儿子常有意无意提起班上某某的母亲,如何如何勤快,如何如何小资,言外之意,我这个下班后就一头钻进书房借故不出的妈妈是如何如何的懒而粗疏。每逢这时,家里另一个大男人总在一旁居功自傲,似笑非笑。有一天,"不甘受辱"的我从书架上翻到一本《家常菜谱三百例》。大喜之余,我即刻出了厅堂,直奔市场,采得食材,下了厨房。

我的这道菜充分体现了我的懒人哲学:简而美味、健康,用材白豆腐一块(要买那种特制的盐卤豆腐,比较韧,口感好);红豆腐一块(即市场上常见的猪血或鸭血、鸡血豆腐);葱段若干、姜丝一小把、大蒜几瓣,加上适量的酱油、白糖、盐、味精、淀粉。备好上场,为防失手,我是"红宝书"不离身旁,一个步骤一个步骤对照着看。

首先,我按说明把红、白豆腐分别切成一个个一寸见方的小块,等

到锅内的水烧开后，将红豆腐倒入其中过水焯一下，捞出控干。炒锅内放油，稍热时放入白豆腐煎至正反面微黄盛出，放在盘子里。炒锅再上火放油，撒入葱姜丝和蒜末，煸炒几下，等香味飘出后赶紧放入焯好的红豆腐。炒几下，再倒入白豆腐。红白合炒后，下入酱油、白糖、盐、味精和半勺水，快速翻炒，淋上水淀粉勾芡出锅。一盘热乎乎、香喷喷、软糯糯、鲜嫩嫩的红白豆腐就做好了。

这么简单！我暗自得意，把我的胜利果实隆重推出。老妈也闻讯赶来当了评判。几双筷子一齐伸来，三下两下就扫荡而光。我"厨"凭菜"贵"，荣登"入得厨房"之列，终于也当了精致的女人一回！

我乘胜追击，继续研究。这道菜的特点是一个盘里两种豆腐两种味。颜色则红白相间，加以绿色点缀，好吃又好看，经济又健康。豆腐素有"植物肉"之美称，据称两小块豆腐即可满足一个人一天钙的需要量。而动物血则被称之为"液体肉"，含铁量较高，容易被人体吸收利用。红白豆腐的搭配是那么的自然和谐！

红与白的搭配，又是那么的奇妙。我又"研发"出几个养生新系列，红枣和白莲，枸杞和银耳，红豆和薏米，祛湿健脾，养阴润肺……天天钵满盆满熬出红白交杂、色香俱佳之美粥，乐此不疲。俗则合宜，雅则得趣。偶尔，也喜欢上了红酒的芳醇和白酒的清冽。独处一隅，拿来两个杯子，一高一低，缓缓倒入紫红色或透明的澄静和迷醉。红玫瑰是火，白玫瑰是冰。这时脑中便会倏然闪过张爱玲关于红玫瑰与白玫瑰的譬喻：暗夜中轻笑得悄无声息。每一个女子的灵魂里其实都同时存在着红玫瑰与白玫瑰，或纯白，或艳红，它会展露给懂她的人世上最微妙的彩衣。

世间万物皆有色。由红到白，实际也完成了由年轻到年老，由生到死的轮回，故百姓早有红白喜事之说。婚礼是人生大礼，被称为红喜事；丧礼视为喜丧，又称白喜事。《庄子·至乐》里云：庄子妻死，惠子吊之，庄子则方箕踞鼓盆而歌。庄子认为人之生死就跟春夏秋冬四季运行一样。从天地中来，回天地中去。除了颜色不同，本质上都是可喜可贺的，都要红火、热闹。这也许就是民间"红白喜事"的来源吧。红与白的思索，是多么朴素而深刻。

红白交错，伴随你我。无论行走在怎样的路途中，让自己学会清闲与劳作同步。这一路，珍爱自己、珍惜生活，为所有忙碌而蓬勃的生命，为这个多彩而熙攘的世界，微笑、驻足。

载于《知识窗》

　　红到白，不过就是生命的全部过程。每一个生命都是这样走过的，从鲜活跳动到宁静祥和。

"携职"的"必胜客"

文/段奇清

> 春蚕到死丝方尽,人至期颐亦不休。一息尚存须努力,留作青年好范畴。
>
> ——吴玉章

因连续扩招,大学毕业后,就业压力往往让许多人喘不过气来,毕业就"剩"下了。温州瑞安的温少波却在杭州为这些人营造了一处温暖的栖身之地——杭州携职大学生求职旅社有限公司。人们有的称入住的大学毕业生为"毕剩客",温少波却说,应该叫他们"必胜客"。

温少波从事过很多行业的工作:文化传播公司董事长、招商局主任、电视台制片人、营销策划总监等。2008年,他创办了"携职"公司。他最初的想法就是刚刚毕业的大学生本来就囊中羞涩,找工作的成本却在逐年升高,他要减轻他们的求职负担,尽快帮他们找到一份满意的工作。

很快他却发现,好的愿望并非有好的效果。比如说,好不容易为某位求职学生做了牵线搭桥工作,可对方就是不愿意去面试。理由千奇百怪:下雨不去、打雷不去、公交车要转好几辆的不去,甚或有的说还有2集电视剧要看。

这些只是借口,其真正原因是自卑。这让温少波明白这些毕业生不仅仅是缺钱,更需要激发他们的自信心,让这些"毕剩客"拥有"必胜客"

的信念。

"携职"即从打造一个励志的氛围开始，这家在杭州万塘路六部桥一条小巷里的旅社，长长的走廊两边各有房间，共有17个，可提供140个床位。而每间宿舍用"搜狐""百度""小米"等令人神往的"最牛企业"名字来命名，让求职的大学生一看就热血沸腾。

再就是让求职大学生"动"起来。"携职"凭学生证或毕业证就可入住，首日免费，往下每天28元。也会有人住上一晚后，磨磨蹭蹭走到前台，支支吾吾道："工作还没着落，生活费全用完了，能否打张借条？"这时，"携职"的领导们通常会建议对方到前台实习，其间除免费提供住宿外，每小时还有5元的收入。他们就是要让对方树立这样的思想：只要凭着自己的双手，没有过不去的坎儿。

因此，"携职"蕴藏着丰富的励志"矿藏"，总能让人充满希望地来挖掘，又满怀信心地奔向他们所期待的未来。这里曾走出一个小伙子，来时兜里仅剩50元，但成功拿到了录用通知。这里产生了百万富翁，一名金融专业的毕业生，其在此努力找工作，有点时间就钻研业务，从而获得一份体面的工作，几年后年薪过百万，还将在这里曾经的室友，变成了事业拍档。

"携职"公司的"大内总管"余愉快的励志故事，则极具现身说法的意义。2008年，余愉快从杭州一所大学的计算机专业毕业。一次他参加了面向寒门学子的专场招聘会，温少波也前来摆摊招聘。这家"寒酸"的旅社，其"求职住宿+求职服务"模式让余愉快从内心里泛起阵阵温暖，于是他果断应聘加入。从前台实习生一路走来，如今他已升任店长，完成了人生一次"逆袭"。

在旅社中曾三番五次出现、人称"跳槽帝"的晓林鹏，也是一个励志"富矿"。在他毕业后的2年时间里，找了多份工作，最长坚持了7个月，最短2个月。每一"空窗"期，他就来旅社打工挣床位。他就以这种独特

的方式，激励着新来的学生以淡定之心面对求职路。晓林鹏最终找到了一份称心如意的工作。他的经历告诉大学生们，工作既要努力找，也要有耐心，缓不得，急不得，太阳总有照临你的时候。

让其增加信心时，"携职"也给予入住者力所能及实实在在的温暖。不说每天住宿费仅28元，低得不能再低，而且每一位初来乍到者，在前台登记时都能获得一个绿色礼包，主要有一张免费住宿卡、一张写给父母的明信片、一份杭州求职地图。随之旅社还有专职的"人才红娘"，来房间让新房客提供一份简历。这些"红娘"们与杭州许多企业的人力资源部门有着长期联系，可根据学生的求职意向、性格特点等，推荐其去合适的企业面试。最初旅社还没啥名气时，面试机会多是"红娘"们挨个儿给企业打电话，磨破了嘴皮子争取到的。

还有，旅社内无线网络是免费的，每位入住者送给一张电话卡，免费送50元话费。这是温少波他们做了大量工作，把一位运营商"忽悠"进公司来的。还有一家银行，也被温少波拽了进来，只要办一张该行的信用卡，就又能免费住一晚上。对于这家银行不嫌少年穷，温少波由衷地赞道："他们才叫眼光长远……"

在靠近前台处一面显眼的墙上，密密麻麻贴满了最新出炉的招聘启事。它们多是温少波和"红娘"们从各求职网站上收集来，再一一打电话或实地核实。如今旅社名声在外，局面渐渐成了常被企业倒追着、求着。

当然，为了公司可持续发展，也让房客有着节俭的好习惯，他们规定空调只有在3摄氏度以下与37摄氏度以上开启，每天开启时间为2小时；水电要节约，房间客人打扫，各自的被子各自叠。先扫一屋，然后扫天下。

到2014年6月，"携职"入住并向用人单位推荐的大学生已超过2.5万名，为企业招聘外包人才一万多名，使得一个又一个大学生的梦想在这里启航。

2011年以来,温少波和他的"携职"先后获得由英国大使馆颁发的帝亚吉欧梦想计划助力奖、新湖社会企业创新奖,以及英国大使馆与增爱基金会共同颁发的增爱社会企业创投奖等荣誉。

人的价值就在于扶助弱势社群、贡献社会、利国利民。正如温少波说,自从做了社会企业后觉得幸福感极强,每天最高兴的不是挣了多少钱,而是听人来报告说:今天为多少大学生找到了工作,多少人成了"必胜客"。

载于《知识窗》

我们每个人生命的价值就在于为所在的社会或者集体做了些什么,这是我们每一个人应该考虑的问题。

爱阳光

文 / 陈华清

> 哀哀父母，生我劬劳。
>
> ——《诗经·小雅·蓼莪》

你叫多多，母亲生你时，上面已有好几个姐姐了。在一贫如洗、没有男孩儿的家庭，你的第一声啼哭，在父母听来，不是一首生命之歌，而是哀歌。你被狠心的父亲丢到荒郊野外，远处饿慌了的狼瞪着绿色的眼睛虎视眈眈。是你不屈的啼哭声，是你没牙的老祖母柱着拐杖、颤抖着小脚，把你从狼贪婪的目光中抢回来。从此，你成了爹不疼，娘不爱的多余人。这一切都是因为你是个女孩子。

老祖母早已把家搬到坟墓里，这个唯一给过你的爱的人永远不会给你爱的阳光了。在没有爱的日子，你像荒原上的野草一样随风而长。你长成一朵野花，给你一点阳光就灿烂，给你一点雨露就滋润。你身上的青草味，你身上的芬香，吸引了众多的目光。没有香车宝马，没有海枯石烂的誓言，他只是在你病倒时日日夜夜地守护，只是抓住你生满冻疮的手放进自己温暖的胸膛里，你就义无反顾地做了他的新娘。

你躺在他怀里幸福地说，你要给他生个像他那么壮的男孩儿。他热烈地回应你的幸福。可是上苍没有回应。你的肚子一如既往的平坦，没有幸福的起伏。当比你结婚还迟的小姐妹的孩子都背着书包上学时，你的肚子依然如你小时候洗衣服的搓衣板。

痛苦在你左右，泪水在你周围。你们跑遍了大大小小的医院，吃遍了苦不堪言的所谓祖传秘方。最让你痛苦的是把水灌进输卵管，那种痛苦的膨胀，把你折磨得死去活来。债台高筑，舟车劳顿，挖苦嘲笑，你一笑了之。再疼再苦再屈辱都不能打倒你，你始终相信风雨之后才能见彩虹，凤凰涅槃之后才能重生。你的安琪儿在痛苦的尽头，等待你的拥抱。你要走过长长的炼狱，迎接你的孩儿。不要让他等得太久、太累；不要让他等得累了、哭了。

也许是你的虔诚感动上苍，你扁平的肚子终于骄傲地隆起，隆成幸福的丘陵。这时你曾经秀丽的脸已是沧桑满面，鱼尾纹悄悄爬上你的眼角。

丈夫要你在家好好养胎，他兼职打多份工，赚更多的钱给你们的安琪儿。你不同意，你的水果摊停留在街头的时间更长了。只要抚摸隆起的幸福，日晒雨淋，风刀霜剑，行走困难，所有的艰辛都化为乌有。

离你的预产期还有一周的时间，丈夫要帮人送一车货到广州。临走时，他俯在你的肚子上，触摸他顽皮的拳打脚踢，对你肚子里的孩儿说，乖乖地待着，爸爸很快就会回来。他没有乖乖地待着，当晚就在你的肚子"大闹天宫"，他要提前来到人间。你束手无策，在黑夜中挪着胀得几乎迈不动的脚步，拦住一辆三轮车独自来到医院。

阵痛把你折磨得死去活来。医生说你是高龄产妇，有难产征兆，建议剖腹产。一想到那高额的剖腹费用，你摇头了。"有什么不测，后果自负！"医生冷着脸扔下这句话，也冷着脸由你叫喊疼痛。

那一夜的生产，仿佛炼狱般。你拼尽了平生所有的力气，甚至愿意用自己的性命换取你孩儿的生命，你盼望多年的孩儿才来到人间。他没有用啼哭声宣告他的到来，不哭不闹，全身酱紫。医生说，产程过长，婴儿窒息，呼吸困难，生命危险，必须马上送新生儿区治疗！你没来得及看他一眼，他就被抱走了。你继续留在产床上，生产时你的会阴被严重撕裂，伤

口有几公分长，医生一针一针地给你缝线。孩儿生死不明已是一痛，锋利的针头不停地在你没有打过麻醉药的肉身上穿插，又是一痛。

在产妇休息室，你伤口发痛，乳房也肿痛，看到别的孩子津津有味地吮吸母亲的乳汁，你的乳房更痛了。乳房不断膨胀、肿痛，乳汁如泉涌，湿了你的衣服，湿了你的心。

再撕心的痛也无法阻止思念的脚步。你忍住疼痛，艰难地上到十楼的新生婴儿治疗区。哪个是我的儿子？你焦急地问护士。她告诉你哪个是你儿子。你不能进去，只能站在门口远远地望着。室内有很多保暖箱，用透明玻璃制作。每个保暖箱里睡着一个新生儿。他们都不穿衣服，只是穿着纸尿裤。儿子赤裸着身子睡得正香，头上贴着药用胶布。七斤重的儿子跟其他如小猫大小的婴儿相比，显得很是抢眼。你贪婪地望着保暖箱里的儿子，觉得这是世上最美、最温馨的画面。

儿子，儿子！你内心呼唤着，多么希望他睁开眼睛看看你，多么想他小小的身子躺在你的怀里，贪婪地吮吸你的乳汁，吮吸你对他所有的爱恋，发出吧唧吧唧的快乐。

你给他起名"佶佶"，希望他健康成长，一生吉祥如意。

儿子两个月大的时候，你发现他两眼无神，有意把彩色的东西在他眼前转来转去，他眼珠呆呆的不会跟着转动。比他小一个月的表妹，一拿东西在她眼前晃，她的眼睛就跟着转来转去，非常灵活。你一惊，带儿子去看医生。医生诊断可能是大脑有问题。CT扫描得出结论是脑积水。从此，你抱着小小的儿子开始艰难的治疗。每天做高压氧，打脑活素。儿子太小了，小到几乎找不到血管。每次吊针，找血管，扎针，儿子拼命挣扎，哭闹个不停。有时扎了好多地方，还是找不到血管。那针头扎在儿子身上，疼在你心里。他的头上、手上、脚上都布满了密密麻麻的针眼，这里一块胶布贴着，那里肿得老高。

儿子三岁了，会走路了，但是还不会说话，小表妹不到一岁就像只小麻雀，整天叽叽喳喳个不停。你又带着儿子去看医生，医生说是脑瘫！你没有瘫倒，又开始新一轮的劳碌，四处求医，就像你当初要怀他那么艰辛。

儿子五岁了，终于会说话了！你高兴得抱着他又哭又笑，觉得阴沉的天都在暗地里对你微笑。

儿子上幼儿园了，很是狂躁，不肯进教室，也不跟其他小朋友玩，喜欢一个人跑到某个角落自个儿玩。儿子的表现叫你很是担忧，你又带他去医院检查。医生怀疑是儿童自闭症，叫你带他去拍CT。一到CT室，儿子马上跑了，你跟在后面追。这是第几次做CT了，你都数不清了。小的时候还好，打一支针他就睡觉，就在他睡熟的时候拍CT。现在大了，打了针、排队，好不容易轮到你们了，药却失效了，你和他爸爸根本抓不住他。每次带儿子做CT就像打一场仗，心力交瘁。

CT报告结果显示，你的儿子真是儿童自闭症！教授告诉你，儿童自闭症又叫孤独症。患有自闭症的孩子，如果不能获得康复，会造成终生残疾，成为家庭、社会的负担。这种孩子读书了，别指望他像正常孩子一样门门功课优秀，考不及格是常事。好心的医生还提醒你，孩子得了这种病，按照政策可以申请生第二胎，他可以开你开证明。

你谢绝医生的好意。你要专心照顾好儿子，让他健康地活着，不能让他成为社会的负担。

听说网上有介绍自闭症的资料，有治疗自闭症的案例，你买了台破旧的电脑，学会了上网。

给儿子治疗成了你生活的关键词，什么偏方、秘方都试过了。只要听说哪里能治疗自闭症，你就带着孩子千里迢迢赶去。

听说市妇幼保健院有治疗自闭症的感统训练，你马上带上儿子前去。你的家离保健院有100公里远。每天你早早带儿子乘车到训练室，训练完又带他回来。你有晕车症，每次吐个半死不活，苦不堪言。才训练几天，

儿子就不肯去了。一到"儿训所"门口，他死死抓住门把手，就是不肯进门，嚷着要回家。见你不为所动，他继续哭啊，闹啊，在地上打滚儿，几个人都镇不住他。儿子声声的哭叫，如刀剑刺在你心上那般疼。你狠狠心，用力把他推进去，趁老师拉住他的时候，赶快跑出去。然后，你躲在一旁偷看他，直到老师把他架进训练室再也听不到他的声音，你才含泪离开。

你听说广州儿童行为中心的邹教授是这方面的专家，便带上儿子风尘仆仆赶去。雨大路滑，出了车祸，你虽然捡了条命回来，双脚再也不像以前那样行走自如了，但你对儿子的爱却一如既往。此生此世，你对他的爱就如阳光，如雨露般，永不枯竭。

你知道这世上有不少像你儿子这样的自闭儿童，你在网上开了个博客，叫"爱的小屋"。你把这种特殊的经历记录下来，作为一份礼物送给儿子；收集关于自闭儿童方面的资料放在博客，提供给有需要的人；跟自闭儿童家长交流心得体会，让关爱多一些，让痛苦减少一点。

你在博客里写道："宝贝，无论你是怎样的，我都永远爱你。如果说母爱是一条河，我愿意为你静静地流淌，汇聚成爱的汪洋大海；如果说母爱是一棵树，我愿意为你撑出如盖的浓荫，为你遮风挡雨。小屋虽小，但是有爱就是欢乐的天堂！"

载于《知识窗》

> 母爱是伟大的，母亲都是这般坚韧和执着，如果这世上有最后一个人还爱着自己的话，那个人肯定就是母亲。

第二辑

给父亲一所房子

原来，在岁月的风声里，有些梦想一直铭记于心。即使努力的过程千辛万苦，遭遇磨难，但因为爱的存在，所有的黑暗都可以是幸福的光芒。给父亲一所房子，给自己的爱安一个温暖与无悔的家。

舞者

文 / 李红都

> 人生的道路都是由心来描绘的。所以，无论自己处于多么严酷的境遇之中，心头都不应为悲观的思想所萦绕。
>
> ——稻盛和夫

一

认识她，是在牡丹广场教跳肚皮舞的一个公益性舞蹈沙龙中。

那晚，我和十几名学员跟着肚皮舞教练学完《印度新娘》后，练功服已被汗水沾湿，紧紧地贴在身上。我掏出纸巾擦汗的时候，有位老学员走过来跟我聊起天来。

交谈中，我发现她的听力也不好，同病相怜的感觉让我们的心一下子靠得很近。回家后，我们互加了对方的QQ号。

她就是辉，一位名字很阳刚，性情却非常柔媚的中年妇女。

辉算不上漂亮，但很耐看。水汪汪的大眼睛，娇小的身材，肤色很白，一头乌黑的秀发随意地在脑后挽了个蓬松的"马尾巴"，远远看去，青春靓丽。但是，当光线强烈的时候，辉眼角的鱼尾纹就会悄无声息地透露她的真实年龄……不错，她已人到中年，比我还大两岁。

大我两岁的辉，学跳肚皮舞也比我早两个月。每当我动作做不到位的时候，辉就会像教练一样帮我校正舞姿。肚皮舞基本功中的"大S"和"骆驼"等姿势，对我这样没有舞蹈基础的人来说，绝对属于高难度的动作，但辉却能做得非常准确，身体柔软得像没有骨头似的。教练经常夸她，辉听不到，总是等众人的目光齐刷刷地射向她，还有人对她打出"剪刀手"或竖起大拇指的时候，她才明白怎么回事。

辉和我一样，听不到音乐，跳舞不是跟着音乐跳，而是跟着前面的舞友跳。所以我俩即使去得很早，也从不敢站在前排，更别说独舞了。我跳舞的目的是减肥，跳成啥样算啥样，辉跳舞的境界就高出不少，她说自己喜欢舞蹈这门艺术……

辉从小就喜欢舞蹈，在邰丽华还没因《千手观音》一举成名之前，她就想当一名聋人舞蹈家。可惜由于多种原因，这个梦想一直没能实现，现在年龄大了，这些也就看淡了，跳舞只图个精神上的寄托，喜欢跳肚皮舞，是因为这种舞蹈比其他广场舞更能展现女性妩媚性感的一面。辉说，如果有一天能上台过过"舞蹈演员"的瘾，不论有多少掌声，她都会很满足的。

二

辉听惯了的声音不是掌声，而是"轰隆隆"的机床声。辉是个标准的蓝领，在新区一家私企单位开铣床。

辉曾让我看过两个她珍藏多年的"红本本"，那是十年前，在一拖某分厂当操作工时，单位颁发的先进证书。先后两次当选个人先进的辉，在那场轰轰烈烈的国企工人下岗风浪中，也成了企业改制的牺牲品，拿到一万多元工龄买断费后，辉成了没有单位的自由人。

我问辉，怨不怨单位？她笑笑："怨又怎么样？不怨又怎么样？改革要减员，我听力弱，竞争力差些，减掉就减掉吧，只要人不懒，到哪儿都有

饭吃。"

辉有饭吃，这不假，但没多久我就发现，她这碗饭吃起来也真不容易！

那晚跳舞，辉比平时晚了半个小时。来的时候，还戴着副茶色的太阳镜。我笑她："晚上还戴太阳镜臭美。"辉不好意思地摆摆手，摘下眼镜叫我看，天哪，她右眼皮上方有道已渗出血的划痕！

"怎么了？"我吃惊地问。

"开机床，飞起的碎铁屑划破的。"辉重新戴好眼镜。

"给单位说了吗？给你开两天工伤假休息一下。实在不行，请两天事假吧。"

"公假可不敢说，那是私人单位啊，我听力不好，老板能留用我工作就不错了。事假也不敢请，工资才一千五，再扣就更没钱了。"

她的一番话，说得我心里酸酸的。

"不说了，不说了，快跳舞吧。"她笑着催我。我俩就一左一右站在后排，跟着前面的队员跳了起来……

转眼到了春天，我上网看到河洛文苑版主洛神在征集文苑7周年庆的节目，想起辉那个想上台表演的梦想，我向舞蹈教练刘老师提议，由她带着我和辉一起参加文苑周年庆联欢会，刘老师爽快地答应了，辉知道后喜上眉梢。

表演进行得很顺利，文苑网友"千雨荷""春雨""风行疾走"等为我们拍了很多表演照，我一一拷贝下来，从QQ上传给辉。辉从网上发过来一个感动的表情，打出一行话："谢谢你，谢谢摄影师们，看把我拍得多漂亮啊。我终于有了舞蹈表演照。"

三

那晚，我们又去广场跳舞，老师有事没来，看看时间尚早，辉很热情地邀请我去她家做客。

听到我们进门的声音，辉的母亲走了过来，不，应该说，是摇着轮椅过来的。我心里一惊。

辉推着母亲进了卧室，我跟着走进屋内，在沙发上坐了下来。屋里光线好，我这才发现辉的母亲双眼都是白茫茫的。辉的父亲戴着老花镜在看报纸，见我进来，点了点头，又低头看起报纸。辉的女儿正在另一屋写作业，怕影响孩子学习，我和辉打着手势聊了起来。

"你母亲眼睛不好？"

"是呀。去年做过一次手术，效果不好，看东西仅能看到轮廓。"

她母亲听了听这边没声音，就摇转轮椅，侧耳倾听电视里的说话声。

我不经常用手语，复杂的词汇打不出来，辉找来纸和笔，开始和我笔聊。

笔聊中，我得知她母亲身体一直不好，几年前，腿不知什么原因痛得走不成路，后来眼睛也出了毛病。茶几上那凌乱散放着的几个白色小药瓶就是母亲常备的药品，高昂的医药费，让这个原本已很清贫的家庭雪上加霜。

正说着，一位比辉稍大些的中年女人走进屋来。辉向我介绍道："这是我姐。"女人"哇哇呀呀"地跟我打了个招呼，在沙发旁的板凳上坐下来。

辉的姐姐也是听障人，听力比辉还差，所以她基本上不会说话，上的是本地的聋哑学校，初中一毕业就接母亲的班进一拖公司当了名工人。辉的姐姐很健"谈"，手语加笔谈，让我了解了更多辉的生活。

辉和姐姐一生下来听力都不好，辉聪明，靠着残存的那点听力，居然也学会了说话，辉和姐姐参加工作后，都找到了健听人做伴侣。可惜，孩子未满三岁，辉和前夫的婚姻就出现裂痕。离婚后，辉带着女儿搬回娘家，和父亲一起照顾体弱多病的母亲。

一大早起床准备一家的早饭，然后侍候母亲洗漱，吃完饭送孩子上

学，自己再匆匆赶到新区工厂上班，下班后再赶回家做饭，晚上还要给母亲熬药、按摩，检查孩子作业……这就是辉持续了很多年的生活状况。辉像个上足发条的陀螺，在生活的逆风中拼命地转着，越转越瘦，瘦弱得仿佛风刮得大一些，就能把她吹跑了似的。已出嫁的姐姐看着心疼，主动提出每晚都回娘家帮忙，让辉晚上有个自由支配的时间，放松一下。辉选择的放松方式就是跳舞。

辉的姐姐夸辉手巧，会裁剪，善针织。怕我不信，她翻出压在箱底的亲手织出的几件针织衫。辉自豪地把针织衫披在身上，果然既合身，又漂亮。

看着辉被那件勾花针织衫衬得年轻妩媚的笑脸，我心里的感动越发地浓厚起来。

我问辉："你这么累，一定觉得很苦吧？"

"以前也觉得苦，现在不觉得了。父母双全，姐姐疼爱，女儿也好学、懂事，说她长大了要当列车员赚高工资让我过上好日子。晚上还可以去跳时尚的肚皮舞，过得很充实，很快乐……"

我的眼睛湿润了……残疾、贫困、离婚、下岗、老人行动不便，这些常人眼中的倒霉事辉都摊上了，但她并没有因这些愁苦而失去热爱生活的激情。她懂得自食其力，用劳动赚取衣食所需，还学会了烹调、针织和裁剪，把清苦的日子过得有滋有味。她有亲人在逆风中相依为命，有孩子在贫寒中懂得奋进，她还从跳舞这个爱好中找到了调剂生活的方式和乐趣……真不知世上还有什么艰辛困苦能打败这样的女性？

不错，辉不是舞蹈家，却是一位生命的舞者。她的人生本是一首低沉、忧伤的乐曲，她却以乐观、积极的心态，顶着生活的逆风，舞出昂扬的精神和令人赏心悦目的姿态，感动了多少像我一样走进她生活中的人。

从辉家出来的时候，已是夜里10点多了，辉怕不安全，一直把我送到平时跳舞的广场路口，这才挥手向我告别。我加快步子向家走去，在经过每晚跳舞的那片空地时，我仿佛又看到了辉伴着听不清楚的韵律，跟着大伙儿翩翩起舞的身影。

载于《知识窗》

一个深陷生活的沼泽，却依然翩翩起舞的人，一定是积极并且坚强的，生命就是这般坚韧，只要心是阳光的，生活便一定充满阳光。

给父亲一所房子

文 / 李军民

> 孝子之至，莫大乎尊亲；尊亲之至，莫大乎以天下养。
>
> ——孟子

幼儿园大班手工课上，老师安排同学们每人用彩纸折一座大桥，可萍偏偏折了一座彩色的房子，老师虽然没有批评她，但是同学们的嘲笑使得她伤心不已，落泪不止。

父亲来接萍下学，安慰她不要哭，下次按老师布置的做就行了。

萍却委屈地说，我心里老想着让父亲有一座房子，想着想着就折成房子了。萍为自己的痴心和失误颇感不好意思。

父亲听了这话，表面上微笑着扮个鬼脸，刮了萍鼻子一下，逗女儿开心，心里边却酸酸的，百感交集。

萍四个月大的时候被狠心的亲生父母抛弃在了山脚下，是现在的父亲恰巧路过发现襁褓中的她捡了回来才救得了她的性命。那时，养父刚刚失去妻子，膝下无子女，处于痛苦中的他把萍视为己出悉心喂养。

这个40岁的男人并没有抚养子女的经验，他边学边摸索着照顾这个小生命，逐渐长大的小天使成为他生命的全部。为了照顾孩子，他常常顾此失彼，甚至因为缺勤旷工而丢掉了工作。

萍到了上幼儿园的年龄，每天把孩子送去之后，他就跑到火车站、汽车站，帮助人们装卸车挣一点钱养家糊口，交房租、买米面，艰苦度日。因为家庭经济拮据，没有哪个女人乐意嫁给他。

萍人小鬼大，从其他孩子那里听说了自己不是父亲亲生的以后，从幼儿园一回来就问父亲这是不是真的。他面对才四五岁大的孩子难以启齿，不知所措。

可萍却像小大人似的，反倒安慰他："爸，我不是您亲生的也不怕，阿姨们说生的不如养的亲，您把我养大，您就是我亲爸！"童言无忌，听着萍的话，他心如刀绞，他把萍搂在怀里，泣不成声。

像他这么大年纪的人找一份工作很难，自己又没有积蓄做生意，只能找一些零活挣几个小钱。他为自己无力抚养萍而深感内疚，时常用手抚摸着萍的头暗自落泪。

很迷信的他经常看着租住的简陋房子唉声叹气，不由自主就顺口说出那句老年人常说的话："唉！这辈子如果死不在自己的房子里可咋办啊！"

萍眼泪汪汪地望着父亲，很懂事地向父亲做保证："爸，等我长大了，我挣钱养活您，给您买一座大房子……"

萍亲手折的那座彩色纸房子后来就一直摆放在父亲床头的那张桌子上，他经常看看它，心里就很是欣慰。

萍上了中学以后，他也50多岁了，身体越来越差，只能做一些很省力的工作，收入也越来越少，常常入不敷出。原来他们租的房子房租太贵，不得不搬到了离学校比较近的一排小平房里，萍住进了学校的集体宿舍。

萍很开朗，生活如此艰苦，她从来没有怨言，也不怕别人小瞧，她学习成绩在班里一直名列前茅，老师和同学们都很喜欢她。

要高考了，老师和同学们都鼓励萍报比较好一点的大学，他们对她寄予厚望。可是，她却毅然决定，就报本地的技工学校。大家了解她家的困难，只能表示惋惜。

父亲说什么也想让她考大学。萍坚决表示，就要上技校，因为上大学还需要一大笔钱，而上技校不仅不用交学费，而且三年以后，她就可以有正式工作，挣工资养活父亲。父亲拗不过她，只能面对现实，同意萍报了技校。

技校毕业，萍被分配在了煤矿，她的工作是在洗衣房给矿工洗工作服。洗衣房的职工是清一色的女工，几个如花似玉的姑娘对自己的工作并不满意，但是煤矿女工再没有比这个清闲干净的工作了。

萍和她们不同，有了工作，有了一份收入，她给已经60岁的父亲分担了忧愁，她很满足，也很快乐。她从不感觉到累，从没有叫一声苦，别人懒懒散散不想多干活，但是她不仅把自己的工作干了，还帮助其他人干活。

在别人羡慕的眼光下，萍竟然向领导递交了申请，要求调到又脏又累的洗煤厂上班。洗煤厂是三倒班，除了白班还有夜班，许多女孩子受不了，想方设法才调了出来，许多人不理解萍的做法，但是只有她自己心里清楚，她需要多挣一些钱，只有这样，才能早日实现为父亲买一所房子的梦想。

不久萍有了对象，是同在洗煤厂一个车间的男工。相处一年多，在有两家人参加的订婚仪式上，萍深情地对父亲说："爸，我找的这个人，不仅真心爱我，不嫌弃咱们的家，而且愿意和我攒钱一辈子孝敬父亲。"她郑重其事地交给父亲一个小盒子。"这是我俩送给您的礼物！"

在大家的注目下，父亲双手有些哆嗦地接过小盒子，慢慢打开，盒子里，红色的绒布上，萍儿时在幼儿园给父亲折的那个彩色纸房子旁边，放着一串银光闪闪的新房子钥匙。

父亲激动得老泪纵横，前言不搭后语："好女儿，好女婿，这……怎么好，这……太好了！萍，我们有自己的家了！爸以后就不用发愁不能死在自己的房子里了！"

萍和父亲相拥而泣，他们流下的是幸福的热泪……

原来，在岁月的风声里，有些梦想一直铭记于心。即使努力的过程千辛万苦，遭遇磨难，但因为爱的存在，所有的黑暗都可以是幸福的光芒。给父亲一所房子，给自己的爱安一个温暖与无悔的家。

载于《文苑》

有些爱一直在，有些承诺终会实现。我们存在的价值是什么？就是爱自己所爱的人，怀着感恩的心，奔向幸福的路上。

娘子

文/许冬林

幽默和风趣是智慧的闪现。

——莎士比亚

"娘子"两个字,好清凉。

读起来,如有一缕汉魏年代的风,细细地吹来,经过苇丛,经过开满蓝色野花的阡阡陌陌。

又觉得端然。像供在高处的一件青瓷,里面插了一枝梅,或者不插。皆好。

不知是今人谦逊,还是俗常,喜欢将相伴一生的那个女子叫"老婆"。在成为老婆婆之前,先叫她"老婆",叫得灰暗陈旧,叫得提前就老了女心。

叫"娘子"多好啊!在人这一生,山长水远、细细碎碎的日子里,娘子、娘子,就这么一路芬芳地叫下去,叫到寒霜从石阶铺到了枕边,铺到了她的发上,她依然是娘子,娇小玲珑。

去过很多间茶楼,与女友闺蜜闲话日常。总想自己也开一间茶馆,很别致的茶馆,这茶馆的名字就叫"娘子"——是啊,去"娘子"家喝茶。想想,心里先就溢出了茶的清香。那娘子茶馆,要有娘子的韵味:窗外,青青竹篱绕,细细流水淌。屋里,木格子隔开陶红的泥墙,墙上挂斗笠、蓑衣，墙角置纺车、石磨。还要让檐下滴雨，庭前杏花开过莲花开……

这是娘子的茶。

秋夜读书，落地台灯的光，杏花似的，覆盖一书一枕。身边的人已经睡下，我听着他的鼾声，听着窗外虫子长一句短一句的鸣声，忽然感叹：啊，我是人间的小娘子！

是啊，在这深深的凉夜，一个女子，将自己融化在一个极具古意的词里：她是娘子！

此夜，此灯下，此衾中，我的脚趾头勾着他的脚趾头，像两只蜗牛的触角，在软泥里相遇、相偎，默然无须多语。此刻，我不是满身烟火的老婆，不是房贷重压下张牙舞爪的母夜叉。我只是一个娘子，温婉的、安静的、贴着一个男人体温的，不那么强大，不那么孤傲，不那么凌厉。千百年前有过这样的夜晚，千百年后，就是每一个今夜，女人都是这样，又美又静，又柔软，像一片月光下的杏花。我和时间之河里的每个女人一样，在深夜听虫声、鼾声，和一个普通的男人相伴在一片淡淡的光里。

娘子，是比娘更年轻的一个女子，像娘一样地去爱一个男人。接替她去爱，一程又一程。娘子的爱，比娘更丰富，更深厚。像母亲，像恋人，像女儿。娘子和他的男人，搭起人间的巢，种柳种桃，繁衍子嗣。有娘子的地方，就是家，后来成了许多人的家乡。

从前看《新白娘子传奇》电视剧时，最喜欢看许仙拖着青色长衫，老远迎着喊：娘子！娘子！那么漂亮的女人，法术那么高深的妖精，一旦做了娘子，就滤掉了江湖野性。在相公面前，她低眉、拈花、微笑，成了观音一样的女子。帮他、救他、恕他、寻他，万劫不复，只是为了他——娘子呀！

做白素贞那样的大娘子，太辛苦，我们不做。我们要做小娘子，不那么能，不那么总是被人惦记、算计。做小娘子，就是做做家务生生气，买买衣服欢欢喜。常逛淘宝网店，裙子呀，丝巾呀，旗袍呀，乱花照眼。最

喜欢逛一个店，店名叫"娘子写"。主打旗袍、大衣，尽是文艺女中青年的口味。想象，穿着那传统做工的斜襟旗袍，再披一件大衣，干什么呢？去赴一场约会。

在茶楼，他等她，为她搬好椅子，为她斟好一杯琥珀色的茶，然后看她和她绲了缎子边的旗袍领子。这样的女子，贤淑贞静又明丽动人，像《诗经》里的一株桃花，该早早娶回家做娘子呀。更深露白，在窗内读书、写字。茶香氤氲中，一盏灯下，呀，娘子陪我写，写写字，临临碑，画几尺水墨……

叫一声娘子，那墨便在纸上洇开了，漫漶一片，是春雨江南的朦胧。娘子，就是那朵明媚的桃花呀，照亮了一纸江南。

载于《文苑》

> 生活中应该多些这样的小心思，给那些熟悉的称谓换个叫法，给自己熟悉的人换个称呼，生活会不会更加充满情趣呢？

清汤白丸元宵夜

文 / 小菁

故乡今夜思千里,霜鬓明朝又一年。

——高适

  白丸就是汤圆,流行于宋代民间,最早叫"浮元子",生意人还美称它为"元宝"。每逢正月十五这一天,百姓人家纷纷备好纯白的糯米粉或面,里面裹上桂花、白糖、玫瑰、芝麻、豆沙、黄桂、核桃仁、果仁、枣泥等馅,用手搓圆,就成了一粒粒的白色丸子,大小如核桃,洒水滚成,即成汤圆。到南宋时,也有"乳糖圆子"的称谓。元初时,汤圆已成为元宵节的应节食品,所以人们也以"元宵"来称呼这种糯米团子。里面有的包了咸的猪油肉馅,也有的包了用芥、蒜、韭、姜等组成的五辛素馅,表示勤劳、长久、向上。汤圆的馅料内容甜咸荤素,应有尽有,风味多样。

  每年春节刚过,元宵又到了,在中国传统的节日中,元宵节最具特殊的情调,它的"狂欢"色彩最浓,旧时有"正月十五大似年"的说法。因为其他各节多少都有一种"遍插茱萸少一人"的思亲之慨,加上从大年初一开始,人们忙于辞旧迎新、探亲访友,顾不上游逛,而元宵节则因春节刚过,人们庆贺新年的热闹情绪未衰却又掀起了一个新的"高潮",所以街头巷尾就都显出一种红火与热闹。"男女老幼围桌边,一家同吃上元丸。"

元宵节成了年味最浓的时刻。

这一晚，万家灯火，家家户户都勤快地烧开了各自的铁锅。清清的汤里，白丸在跳上跳下地欢舞，热气腾腾的锅，敞开它的大嘴儿，汩汩地唱着一首厚实的歌，木勺在悠悠地踱步，丈量那份满足。一年到头，一家子的酸甜苦辣，在那天都麻利地抖落铁锅，在"十五"的热气下团团圆圆煮成了一窝，一粒粒白丸，你拉着我，我扯着你，黏黏稠稠，甜甜蜜蜜，只等着长长的木勺，挑中他，瞅上她，盛作一碗，捆作一团，送往今夜一家家的欢声笑语里去。

每年的元宵都是这样，在老百姓传统、敦实的团圆意味中，又跃动着一种人们隐隐期盼的诗情和浪漫。特别是在古代，男女有别，而元宵是唯一的"金吾不禁夜"的良宵佳节。"元宵之夜，三五风光，月色婵娟，灯火辉煌"，许多女子一改平日羞涩，名为观灯，实则专瞅情郎，见有中意的就投巾掷果，相与说话幽会。人们的恋情心理在这一特殊的晚上得到了空前的释放，有诗为证："玉楼人，暗中掷果。珍帘下，笑着春衫袅娜。"这就告诉我们，元宵之夜，常有男女恋爱的事情发生。传统戏曲里，陈三和五娘在元宵节赏花灯一见钟情，乐昌公主与徐德言在元宵夜破镜重圆……人们往往把元宵节与爱情连在一起，元宵节因此被称为中国古代的"情人节"。

今年的元宵节恰与西方情人节相遇，于是，那一粒粒白丸里，桂花、玫瑰、芝麻、豆沙、黄桂、枣泥等就又和着新的情愫被浓浓密密地包裹了进去。家家户户的窗子里，或朦胧或清晰地映出一部部正在上演的轻喜剧：多少百姓欢欣的笑靥刚刚绽开、眉头轻展，却又些些地愁上了心头。多少情儿女，娇嗔的泪水刚挂在腮边，红红的脸却又旋开了酒窝。

情是什么，爱为何物？恰似那一粒粒清汤里的白丸，沉沉浮浮，喁喁欲诉：

清清的水里，芝麻问豆沙："你是什么味？喜欢什么味？"豆沙羞答答："绿意盈盈，清香袅袅，无论在哪儿，都能好好地'烹饪'自己，让自己秀色可餐——女人味！"豆沙问芝麻："喜欢什么味？你是什么味？"芝麻稳稳答："有尊严，节节高，不屈膝，不低头，磨炼中点滴积累，自然里而成大美——男人味！"芝麻傻傻地说："你真美！"豆沙妩媚地问："我哪儿美？"芝麻"深情"地说："四大美'仁'——核桃、榛子、腰果、松子，你真'美'！"豆沙一气、一挤，哎呀！芝麻白丸露馅啦，黑亮亮地流了一锅。豆沙急了，问芝麻咋办？芝麻不紧不慢答："没事，蘸点白糖，凉拌！男人嘛，磕磕碰碰算啥？"咧着嘴，一脸坏笑，一拍，豆沙白丸也扁啦，不好，快逃！沸汤里，沉来浮去，白丸追逐，嬉戏……

一对白丸，裹了素皮，藏了馅儿，有赤、有黄、有绿、有蓝紫，多彩多姿。清清的汤里，翻腾跳跃，懂了生命的蓬勃。历经黑白拥吻，穿越冰火重天，终究熬成了醇郁的味，悠长的香。

任是素白也动人。不管有无馅料，元宵都是同样的美味可口。如今它已成了一种四时皆备为人喜爱的小点心。而元宵之夜的故事却不总是那么甜，有时也会带点苦和涩。爱情常常就是由甜蜜的幸福和巨大的痛苦共同构成的一种严酷的状态。尤其是在古代，"易求无价宝，难得有情郎"，平素被深锁闺中的可怜的女子仅凭唯一的"金吾不禁夜"的元宵佳节来寻觅自己的幸福，在一轮朦胧的圆月和一街绚烂的明灯里，守着一份甜蜜的希冀与激动在痴痴地等待，她们所得到的遭际也就更多带有"东风恶，欢情薄"的悲剧色彩。在这方面，最为人熟知的就是欧阳修的那首《生查子》里所描述的情景："去年元夜时，花市灯如昼。月上柳梢头，人约黄昏后。今年元夜时，月与灯依旧。不见去年人，泪满春衫袖。"这阕元宵词所写的正是一位痴心女子在元宵之夜对自己所恋男子的挚诚怀念与甜苦交织的回忆。

多少年过去，灯节之夜，依旧喜乐喧天。"元宵争看采莲船，宝马香车拾坠钿。风雨夜深人散尽，孤灯犹唤卖汤圆。"今天，元宵夜的圆月、灿烂的灯街和那一粒粒清汤里的素丸，仍在浮浮沉沉地向我们讲述着年华里一些关于节日的历久弥新的故事。

载于《文苑》

一种食物，带给我们一段故事，一段故事诉说一种心情，赠予我们一种感悟。

尘埃里，拾一炉温暖

文 / 雨街

人生的第一件大事是发现自己，因此人们需要不时孤独和沉思。

——南森

张爱玲曾说过，喜欢一个人，会卑微到尘埃里，然后开出花来。

我想，若一个人喜欢生活，也会卑微到尘埃里，然后开出花来。

总喜欢远离喧嚣，一个人静静地处着。也许，一个人的时候，自己才真正属于自己。

回眸，时光斑驳陆离，最终珍藏于心的，竟然是那些在平淡中不经意的细节。晚上回家时，孩子正在灯光下读书；吃饭时，有人不时地往自己碗里夹饭菜；周末时，陪着孩子听她叽叽喳喳地讲这讲那；路途中，见到一对老人相携着往前走；甚至是清晨草叶上那一滴摇摇欲坠的露珠，或者深夜不知名的虫儿啾啾地歌唱……

总喜欢细细品味张爱玲的这句话："喜欢一个人，会卑微到尘埃里，然后开出花来。"是的，一个人若在尘世中能遇到属于自己的那个爱人，我想她一定会放下灵魂中那高傲的矜持，深爱一场，莫辜负来红尘一遭。

前几天读到这样几句诗：

亲爱的，我要用最世俗的方式来爱
从一杯热水开始，给你湿润的温暖
用一碗简单的饭菜喂饱你的胃，支撑起你踏实的内心
人世的烟火，正在照亮我们低矮的人生
我们不高山流水，不风花雪月，不诗词歌赋
我们在红尘滚滚里悄然隐身
埋没也是遮挡吧，我们在世俗之外
又在最深入的人世

爱一个人，就用最世俗的方式去爱他。因为你我都在红尘之中行走。岁月静好，静好的岁月中就让我与烟火厮守一段锦绣年华吧。

一个人若热爱生活，我想，他也会卑微到尘埃里，然后开出花来。

"生命是一袭华丽的袍，上面爬满了跳蚤。"这也是张爱玲说的。生活就是一个偌大的名利场，只是身处其中的你我，又有几人能真正做到看透呢？

看到一个电视剧里，一位叱咤商场的老总，几十年如一日，整日奔波在公司与公司之间，事业蒸蒸日上，多少人赞叹与仰慕。但商场如战场，天有不测风云，一夜之间，他几乎失去了作为一个男人引以为自豪的一切，全都化为了虚无。按照人之常情，这位老总要么卧薪尝胆，东山再起，要么从此颓废不振。可这位老总想通之后，长叹一句道，我明白了，原来老天是让我这下好好陪陪我的妻子和女儿了，一家人平平淡淡地坐在一起吃着一日三餐，该是多么幸福的事啊！是啊，我们往往都是在追求所谓幸福的同时而丢掉了真正的幸福。

记得刚做记者那几年，青春年少，满希望着能在自己热爱的事业之上实现自己的人生价值。就这样，生活的大部分空间全部让工作占了去，我内心快乐的满足感几乎全都来自于工作。好多年来，我就在这高高低低的颠簸中踉踉跄跄地一路走来。曾几何时，为了所谓的满足，我无暇顾及亲情的温暖；曾几何时，为了所谓的光环，我忽略了以感恩的心去看待生活。为了所谓近乎虚幻的人生价值，我真实地行走在梦幻的生活之中。

终有一天，当鲜花和掌声与自己渐行渐远的时候，留在心里的只能是无边莫名的落寞。那个时候，我从懵懂中渐渐明白所有的这一切都只能是昙花一现，都终究会被岁月吹逝。但人生的价值或许就在于只有当你付出之后才会恍然大悟，世事才能了然于心，这或许就是人在世上走这么一遭的缘故吧。

浩渺凡世，每个人不过是沧海一粟而已，我们最应珍惜的不过就是常态下的真实生活，平淡地生活着，平淡地幸福着。

繁华如梦，如梦的记忆又在平仄中拾起。尘埃里，我愿意以文字当茶，在烟火中熬煮一壶香浓的茶，入肚，温暖如昨。

载于《文苑》

每个人都有属于自己的一个世界，不管是真实存在的，还是虚幻的精神上的东西，都是好的。在这里，我们思考和感悟，或者静下心来感悟生命。不论怎样，都是好的。

门前那张小条凳

文 / 李曼

在各种孤独中间，人最怕精神上的孤独。

——巴尔扎克

红砖平顶的三层楼院，被白色的石灰粉饰着，散落地分布这个村庄。寥寥可数的几棵树，还有纷杂的荒草将各家各户的楼院分开四五十米，这与我过去所见的村落有些迥异。我以为今天的农村仍弥漫着热闹的气息，村民之间会一直保持着亲近的往来。眼前的距离，却弱化了我的这个印象。路上行人不多，村道上、田野里，只是偶见几个老人或农妇。

她的家也是三层，从外观看，大概不过十年的光景。这个房东家应该人丁兴旺吧，这么想的时候，我却发现从我来的那天起，偌大的房子里除了我们几个，就只有一位主人了。她个头儿不高，很胖，走路几乎是在挪步，慢慢地从堂屋到厨房，从柴火间到卧室。她的活动范围很小，除了一楼，我没见她上过二楼、三楼，她家的门口可能是她呆坐时间最长的地方。每天，一条小条凳，一篓子花生，她就这么静静地坐在门前，一边剥花生，一边看我们进进出出。

她家房子的北面，有一大片菜地，白菜、大蒜、藠头等，在这个安静的地方悄然生长且翠绿鲜嫩。

她为什么总是默默地望着我们？不信任我们？怕我们拿她家的东西？可她的眼里并没流露出敌意。那是为什么？还有，她这么胖，胖得走路都很慢，谁帮她种了那么多菜？那些种菜的人呢？……我一见到她，心头就掠过这些疑问，但看她每天不说话，我只能把疑问放在心里。

一天，徐师傅买了鱼，忘了买大蒜，我便想着能到她家的地里去拔几根。于是，我下楼，她仍旧默不作声地坐在小条凳上重复着一个动作。我小心翼翼地说："婆婆，我到你家地里拔几根大蒜，算我们买，好吗？"她摆了摆手："你尽管去拔，不要钱不要钱。"不要钱？这让我十分意外，是不是因为我拔得不多，她不好收钱？我说："这样吧，我多拔点，按街上的价钱给你。"她急了，颤巍巍地站起来说："不要不要，真不要钱。"那一瞬间，我从她的眼里看到了友善，是真诚的友善。

这天，我跟随队员们一起出野外，回来后，她依然是一个人坐在小条凳上，我向她打招呼："婆婆。"她高兴地指了指身边的另一张小条凳："坐，坐，坐……"然后说："你们搞地质的蛮辛苦。你也要像这些丫仔一样到处跑？"我摇了摇头："我是来出差的。我不辛苦，还是这些丫仔辛苦。"

"婆婆，你多大年纪啊？"我开始跟她拉家常。她说61岁。啊？我吃了一惊，61岁，才比我大十几岁，我怎么叫了她婆婆？我有些不好意思。她笑了，说："我很出老是吧？很多人都以为我有80岁了。"嗯，是啊，我心里这么想，她确实挺出老，但没说出来。她说，过去她可能干了，种地、挑担子、打零工，样样会干。现在却落了一身的病，关节炎很严重，走路都走不了多远。有的时候疼起来，真想把这两只脚给剁了。她还有高血压，难受时恨不得死了算了。我一听，赶紧安慰她，我说："现在医学这么发达，这些病可以看好的。"她说："看不好哦。如果不是我身体不好，我都跟老头子出去打工了。这整天坐在家里，太孤独，闷死了。"

是啊，我明白了，她每天看着我们，是想找人说说话。这不，话匣子一打开，她是哪里人，有几个儿女，有几个孙子，然后儿女的故事，孙子的故事都一股脑儿地说给我听。坐了一会儿，我站起来，走出房间，她也很费劲地站起来，跟出来对我说，她种了很多藠头，并告诉我，南昌生米镇这个地方盛产藠头，而且出口到日本，日本人最爱吃生米的藠头了。这

时，正巧山东地矿局的同行从车上下来，她便告诉我："我们生米的藠头，就像山东的苹果一样有名。"我没想到足不出户的她竟然懂得很多，我笑了。山东人没听懂她的话，问我她说什么，我复述一遍，山东人也笑了。

其实她的南昌话，我也很多听不懂，一半靠听，一半靠猜，吃力。不过我想，我这么听得吃力只是暂时的。如果真的像她讲的那样，她得的那些病难以医治，整天只能坐在那张小条凳上，眼巴巴地看着我们出行，那就不仅仅是吃力了。

后来，她家的地里来了一个男人。她高兴地对我说，那是她的老头子。"老头子"看起来五十四五岁，比她年轻，抬头看了我一眼，很客气地跟我说了两句话，然后继续低着头锄草。"我老头子在镇上给人家管仓库，每隔一段时间，他就回家看我。"她说这个话的时候，眼里满是欣慰。

这时，一缕风吹了过来，是春风，风里带着暖意，空气中飘着菜叶泛碧的清香。她坐在田垄上，温存地一会儿望着地里的蔬菜，一会儿望着她男人。

第二天，男人又不见了。

我归队时，向她道别。她仰着头问我："你还会来吗？"这个物探项目做完了，项目组就得进入下一个地区，因此我不敢承诺我会再来，但又怕她失望，只能笑笑。

不管我还会不会来，我都希望有一天她能从小条凳上站起来，就像她当年那样，利利落落、轻轻松松地迈开脚步，走出这个门口，走出这个村庄，在宽阔的天地间感受温暖与繁华。

载于《文苑》

不知道为什么，我突然想起自己的父母，或者是其他孤苦伶仃的老人们。由于各种各样的原因，反正最后这些老人就孤单了，儿女真的应该多陪伴父母，给老人一些安慰。

你是我的孩子

文 / 张素燕

陪伴是最长情的告白。

——天涯蝴蝶浪子

在公园里晨练，常常会遇到这样一对老人，他们有 60 多岁的年纪。女的得了脑血栓，每天由男的搀扶陪伴着进行锻炼。

从我初次看见他们到现在已有三个多月了。这期间的每一天清晨，这对老人都会准时出现。大爷陪大妈坚持锻炼也取得了很大的成效。大妈一开始不能站立，现在已能够自己慢慢地独立行走。杨柳依依，花木复苏的公园和晨练的人们都见证了一段执子之手，与子偕老，相濡以沫，不离不弃的平民爱情。

大爷说，大妈刚开始得脑血栓时站都站不稳，儿女要给她买一张轮椅，这样大妈行动方便些，也节省了大爷的时间。大爷在一家公司看大门，平时也没有太多的时间去照顾大妈。可大爷却坚决不同意。他清楚地知道，如果老伴坐上轮椅就再也站不起来了。他毅然从自己繁忙的时间中，抽出一定的时间陪老伴锻炼。每天晨练就成了他们的必修课。

大妈不能站立，大爷就紧紧地拉住她，让她慢慢地学走路，就像教刚刚学走路的孩子一样，一切从头开始。"她现在就是孩子，孩子需要照顾，需要培养，我现在就是在像照顾孩子一样去照顾她。"老人充满柔情地看着心爱的"孩子"说道。

大爷每天不辞辛苦地陪大妈锻炼。可大妈却不领情，还时常跟大爷发脾气，虽然说不出话，却满脸恼怒，甚至不配合走路。可大爷一点都不急。他笑着说："是孩子，就会不听话。孩子还有脾气呢！"他耐心地开导大妈，给大妈讲故事、讲笑话，把大妈逗乐了，然后接着练习。边哄边教，边教边哄，就这样，在大爷的悉心照顾和耐心教导下，大妈能够在大爷的搀扶下慢慢行走了。

从站立到慢慢行走，对于孩子来说是一个自然的过渡，而对大妈来说却费尽气力，整整用了一个多月的时间。"她是孩子，可是比孩子却难教多了。"时间长了，大爷也流露出了无奈。让大妈练习独立行走是一个费心、费神、费力的过程。慢慢地撒开手，用心地在身边护着，没走出两步就开始摇摇晃晃，真是"战战兢兢、如履薄冰"。大爷赶紧上前扶住，然后撒开手，再扶住。如此反复，大妈逐渐地从两步走到四步、八步，走出一小段……

看着大妈现在能小心翼翼，慢慢悠悠地自己行走，大爷在一旁开心地说："我这跟逗狗似的。"大妈随即发出含糊不清的词语还击道："你……狗……你……狗。"大爷笑着说："我要训练她说话，就得用激将法。要不然的话，她还不开口……"

我的眼睛湿润了，爱的潮水在心海汹涌翻动。爱是什么？此刻的山盟海誓，海枯石烂，在他们面前是那么的弱不禁风，不堪一击。

你是我的孩子，陪你走一生，把你当孩子去照顾，还有什么比这更美的爱情！

载于《情感读本》

相爱时我们是彼此的依靠，可是在需要照顾的时候，她就成了他的孩子。这是多么温暖的爱情啊！

原来我们永远都是孩子

文 / 林玉椿

> 世界上的一切光荣和骄傲，都来自母亲。
>
> ——高尔基

当我还是个少年时，我无比渴望长大，远离家门，远离亲人，像雄鹰一样展翅高空，闯荡人生，风雨无阻，无怨无悔。

这一切似乎也是这样发生。恍恍惚惚，竟已过而立之年，在异乡的城市里有了一份安稳的工作，有了房子、车子、妻子和孩子。只是并不能找到那种勇士的感觉，也没有多大的成就感。

这时我才深切地感受到远离家乡，内心竟是如此的落寞。每次拿起电话，跟母亲诉说工作和生活，聆听她的问候和欢笑，才发现自己的奋斗有所意义。那些人生中小小的骄傲，只有说给母亲听才最有效果，内心才有满足感。这些话，不会在朋友面前提起，甚至找不到对妻子说的感觉——因为见多识广的他们会觉得这些事情微不足道。这是一种幼稚，像个小学生刚拿到奖状，兴高采烈、蹦蹦跳跳地向母亲汇报、等待表扬一样。

每次回到老家，在母亲面前，仍然像儿时一样放肆。母亲做的饭菜，哪样好吃，哪样不好吃，口无遮拦；洗完澡，衣服往旁边一扔，等着母亲拿去洗，帮着晾晒起来；出去和老同学喝酒至深夜，第二天赖床，还要等母亲准备好早餐左催右催……这样的放松和放肆只有在老家才会有，只有

在母亲面前才会有。

有个女性朋友，小时候父母离异，她跟着母亲过，可是前几年母亲不幸病逝。父亲另有家庭，加之一直不在一起生活，虽然也走动，却总感觉生疏、隔阂。她虽已嫁人，有了丈夫、儿子，并且跟公公婆婆生活在一起，但内心时常会觉得空虚、落寞。她对我说，逢年过节，看见别人欢欢喜喜准备回老家，看着别人为自己的父母买衣服、买补品，她就很羡慕，也很感伤，因为她已经无法为母亲做任何事情。她有一份收入还不错的工作，她本可以凭着自己的资源做更大的事业，挣更多钱，可是她却对我说，她缺乏欲望，缺乏激情，找不到奋斗的意义；以前自己哪怕一点小小的进步都会向母亲诉说，都能感觉到母亲的欣慰，可现在谁会在乎呢？谁在乎自己在人生中那点点滴滴的成长？

对于这种感觉，我有切肤的感受。一天，大姐打来电话，说母亲上次手臂上割下来的肿瘤，医生确认是恶性的。那一刻，我只觉得天旋地转，整个人都崩溃了。坐在回老家县城的班车上，我蜷缩在车内无人注意的后排，任凭泪水肆无忌惮地狂涌而出。我觉得如果母亲有事，自己将来的生活将毫无意义。我的梦想、我的奋斗，我教给别人的所有做人与处世的道理，写给别人所有励志的语言和热爱生活的规劝，在此时变得一文不值。我像一个无助的孩子，流着泪在内心默默地向上天祈求，祈求这只是一个误会，其实母亲得的根本就不是恶性肿瘤；祈求上天把我二十年的寿命，拿给我亲爱的母亲；甚至在脑海里构思着要学古人歃血割肉为母亲熬药，以孝心感动上天，使母亲渡过劫难……

而上天似乎真的听到了我的祈祷，事情竟然出现了惊天逆转。医院的进一步病理分析结果出来了，母亲得的只是低度恶性的皮肤肿瘤，只要切除彻底，对身体并不会有太大的危害。随后，我和姐姐、姐夫带着母亲远赴广州，到了一家在设备和技术上对这种手术都比较精湛的医院动了手术。手术后母亲恢复得很好。

经过这一次磨难，让我更加懂得珍惜自己的亲人，更加懂得尽孝需及时的道理。

有一种爱，任何其他的爱都无法取代——那就是母爱。在母亲的眼中我们永远是孩子，无论我们多么落魄，总有一个人可以容纳我们，那就是母亲；无论我们怎样犯错，总有一个人不会放弃我们，那就是母亲。

其实，在我们内心深处，我们又何尝不是母亲眼中长不大的孩子？我们会比她有更高的文化，会比她更有挣钱的本事，我们谈论的很多话题，她甚至都无法听懂。可是，能最认真、最有耐心聆听我们倾诉的人，永远是母亲；能给我们最真诚、最有效的安慰的人，永远是母亲。无论我们是否意识到，我们内心最依赖的人，也永远是母亲。

原来无论飞多高、多远，无论变得多么坚强、多么勇敢，我们也永远都是孩子。

载于《情感读本》

以前总是嫌父母唠叨，后来才知道，那是他们习惯了，从小就操心，到我们长大了，依然还是忍不住操心。父母习惯了，爱也习惯了。

让春天听见我的心跳

文 / 张君燕

新年都未有芳华，二月初惊见草芽。白雪却嫌春色晚，故穿庭树作飞花。

——韩愈

漫长的冬季终于过去，尽管迎面吹来的风仍有寒意，但暗藏在风中的丝丝暖流却高调地向我们宣告，春天就要来了。德国诗人海涅曾说，春天的特色只有在冬天才能认清，在火炉背后，才能吟出最好的五月诗篇。是的，在刚刚过去的寒风凛冽、滴水成冰的冬天里，我们围坐在火炉旁，就着几粒花生米，小酌几杯温酒，心里想的、嘴上说的，都是关于春天的憧憬。在那样的天气里，春天才会变得格外诱人，虽然室外一片银装素裹、白雪皑皑，但内心充盈的却是碧草蓝天、柳暗花明。一颗经冬岁寒之心，才会对春天更为感知和感恩。一如人生的寒冬里，有了对春天的希望，才能一路行来，走到春暖花开。

最先探知到春来的便是可爱的孩子们，被寒冷禁锢了一个冬季的孩子大概早就憋坏了，他们嗅到了风中的清香，听到了燕子的呢喃，于是迫不及待地迎着春风跑了出来。田野里、小河旁、树林边，到处都是他们撒欢儿的身影，有些孩子还拿出了风筝，想要让自己欢喜的心随着风筝一起飞上天空。在孩子们纯净的心里，最先印下了春天的足迹。而更多的时候，只有让自己的心清澈起来，才能映进春日的暖阳，才能漾起美丽的涟漪。

记得有一年，一位老家的亲戚来看望我们时，送给了我一件花裙子做礼物。我不知道他为什么会在冬天送我一件裙子，但那件漂亮的裙子却顿时唤醒了我的爱美之心。每天晚上，我都会取出裙子小心地摩挲着，对着镜子比试一番，心里无比地渴盼寒冷的日子快点过去。在我的日思夜盼下，东风终于捎来了春的信息，在一个阳光晴好的天气里，我满心欢喜地穿上了那条裙子。春风微微吹拂，裙角高高扬起，我站在小伙伴们中间，接受着他们羡慕的目光，仿佛自己一下子成了童话里高傲的公主。

多年之后，回想自己当年臃肿的棉衣外面套着花裙子的滑稽样子，不禁忍俊不禁。但心里那份对春的渴盼、对美好事物的追求和向往却仍让我感触颇多。那年冬天的花裙子，其实正是亲戚送我的一份希望，让我对春天有了暖暖的渴盼。就像人生之中，在黯淡的际遇里，有人送你一份鼓励，便有了走出低谷的温暖力量。

早春时分，最喜欢到刚解冻的小溪旁，听小溪里潺潺的流水声，那清脆、欢快的声音仿佛一曲充满了希望和憧憬的乐曲，让人感到莫名的欣喜和振奋。有时，看着清浅的溪水，我会不由得想到底是什么给了小溪信念和力量，从而让它撑着自己瘦弱的身躯毫不停歇、一往无前地流动？看着小溪延伸至远方，消失在我的视线之外，我顿时似有所悟，也许，在遥远的远方是一片大海的所在，而小溪正是听到了大海亲切的召唤，它知道，只要坚持，一定会到达彼岸，融入大海的怀抱。

小溪的旁边泛着新绿，绿茸茸的小草悄无声息地铺满了大地，间或有几朵小野花点缀其间，融融的春意让人从心里感到舒适和惬意。看着这些不知名的小花小草，我竟生出了几分感动，虽然它们不曾给春天献上一份醇香和甜美，却仍将一片新绿和生机献给了大地。它们坚持着绽放自己，也实现了自己的价值。其实，对于我们而言，每一株小草，每一朵小花，都同样值得珍惜和尊重，因为在晚秋时节，我们再也找不到此时错过的那

些花草。

　　刚刚消融的土地松软而湿润，行走在略显泥泞的土地上，年少的我忍不住抱怨。父亲温和地笑了，傻孩子，没有泥泞，哪来的冰雪消融，哪来的春暖花开呢？想要拥有明媚的春天，就不要抱怨解冻后的泥泞。当时对父亲的话似懂非懂，现在经历了世事，才深刻地懂得了父亲话里的含义，才算真正懂得了春天。所以，在人生每个艰难的时刻，我都不曾感到沮丧，因为我知道泥泞的背后将会是令人欣喜的春天。

　　春天从这美丽的花园里走来，就像那爱的精灵无所不在；每一种花草都在大地黝黑的胸膛上，从冬眠的美梦中苏醒。我轻轻吟诵着雪莱的这首诗，感受着春天盎然的气息，心中涌动着阵阵感动和激情。在这个万物复苏的日子，我多想带着对美好生活的向往，去发现美丽、寻找美丽，让春天听见我的心跳！

载于《辽宁青年》

　　春天是最美的季节，好像人的青年时代，一切刚开始生长，一切都是崭新的。

山村的祖父

文 / 文小圣

时光时光慢些吧,不要再让你变老了。

——《父亲》

祖父做过县水文站站长,但他退休后就回乡下和我们一起生活了。也许他想过闲云野鹤的乡下生活,自由自在,无拘无束;也许他想落叶归根,重新回到这片养育他的乡土中,所以他拒绝了单位分发房子,不肯在县城留下来。

祖父是我从小就非常崇敬的人,他在村里很有威望,他渊博的知识,他豪爽的性格,甚至他那略带一点官腔的谈吐和他易怒的性格,都深深地烙在我的心里。祖父很有才,他写得一手极好的正楷毛笔字,逢年过节、婚嫁喜事,村里的人都会来找他帮写对联;他颇懂草药,许多人慕名来向他求医,他亲自上山采药,治愈过很多人;他有两柜子的书,每日都要看书,谈吐之中,引经据典,令人钦佩。

祖父从来不干农活,不做家务。他喜欢养鸟,家里有三个鸟笼,养了两只画眉和一只竹鸡。闲时,祖父就用哨子调教他的鸟,他养的画眉听到哨声就会鸣叫,声音婉转动听;那只竹鸡则每天早上都会像公鸡一样准时打鸣。

祖父经常会让我帮他喂喂鸟;他写对联的时候,会让我帮他倒墨、压

纸；他允许我到他的房间里自由地翻看那两柜子书，但看了书后必须整理好书柜。

我的童年，就这样度过。我知道有花开花落，我知道有冬去春来，我也知道我在一天天地长大，我却从未曾想过祖父的衰老。我一直觉得祖父坚实的身板可以永远像铁塔一般，或者说我一直认为他就像老当益壮的老将军，管护着我们，也是我们的依靠。

然而，祖父毕竟在衰老。随着我们长大外出读书、工作，他也慢慢变老了。尽管他的身体仍然显得强壮，仍然声如洪钟，但那满头的白发，那深夜里的咳嗽声，无不在显示着岁月的无情。后来，祖父出门在外时摔了一跤，左腿动了手术后不太灵便了，走路需要拐杖来支撑。

父亲是祖父唯一的儿子。我知道父亲对祖父积了许多不满。父亲对自己得不到关心的童年，对自己出去工作后得不到祖父的支持，对祖父将钱乱借给不务正业的人，都存在着种种怨言。父亲读书不多，读书的钱是靠自己卖柴挣来的，从17岁离家参加工作就靠自己的打拼来一步步地走人生的路。父亲一直认为如果祖父能多担负一些家庭责任，他的人生道路也就会不一样。父亲以前对祖父不满，但又畏惧。我清晰地记得父亲还在外工作时，有一次回家，晚上因为多喝了些酒，又谈起往事，便和祖父激烈地吵了起来。祖父暴躁起来，将他那深蓝色的酒壶砸出门外。第二天父亲酒醒后，对自己昨晚的冲动感到懊悔而后怕，他主动去叫祖父吃早餐，显然是在主动向祖父道歉。

可是父亲内退以后，开始经常酗酒，经常和祖父争吵，任何人都无法劝阻。他像一个孩子似的，争论着他失落的童年，诉说着自己压抑的往事。祖父已不愿意再跟他争吵，只是唉声叹气，他让我们想尽办法劝父亲少喝酒，怕父亲的身体会垮下去。可是无论我们怎么做，父亲都无法从自己营造的悲哀中走出来，身体也一天天垮了下去。

终于，父亲走了。那一刻，祖父拄着拐杖颤巍巍地走出来，右拳用力地捶着自己的胸口,号啕大哭,以前所有的坚毅与倔强都化作了泪水,他仰天流泪,悲怆地喊道:"老天哪,以前那个年代,我曾经保护过那么多人,拯救过那么多人,为什么现在落得白发人送黑发人的下场?"

很长的一段时间,祖父都沉浸在失去儿子的痛苦中,无法自已。他经常端详着父亲的照片发呆;经常拿着以前跟父亲交换的那块老手表出来戴上,给老手表上弦;跟我们聊天的时候,经常会不自觉地谈起父亲。

母亲在县城帮大姐照顾孩子,我在离家很远的省城工作,回乡下的时间越来越少。80多岁的祖父和祖母不愿进城,在乡下相依为命。祖父的性格变得越来温和,他开始主动帮着奶奶煮饭做菜;他经常关心着我们,打电话对我们嘘寒问暖。

残酷的岁月与世事磨平了祖父的棱角。我们在尽可能给予祖父关爱的同时,却又深深感受到人世沧桑的悲哀。

在我脑海里,经常浮现出这样的画面:祖父静静地去给他的鸟添食加水;或戴上老花眼镜,捧着一本老书静静地看;或背着双手,默默地凝望着门前的青山……

于是,泪水涌出了我的眼眶。

载于《情感读本》

总是有些人,在离我们很远的地方,像是两个世界的人。可是就是这些人,让我们一想起来的时候都忍不住落泪。因为心疼,也因为爱。

第三辑

你曾经说过的最温暖的话

什么是酷？什么是范儿？电话里的爱给了我们最好的回答。懂得尊重家人，关爱家人的男人才是真正的酷，真正的范儿。对待家人的态度，显示了一个人真实的品质。无论你的权位有多高，无论你的财富有多大，如果没有家人的爱，那你的内心也是极度空虚的。

Zui Meiwen

腊月

文 / 许家姑娘

每逢佳节倍思亲。

——王维

我喜欢腊月，因为腊月有一种很务实的忙。这忙是紧锣密鼓，一拍赶一拍，不怕音高弦绝。

头一桩一般是蒸年糕。我尤其喜欢大雪天里蒸年糕。门外雪气凛冽，不出门玩，等着吃年糕，安静坐在灶边，帮大人看着灶膛里的火。蒸出来的叫年糕，又白又胖，慵懒卧在蒸笼里。门外的大雪也是又白又胖，肥肥卧到门沿边，也不关门，由着雪的冷气和亮光一同拥进屋子里。

蒸过年糕就是炒米糖。一个腊月，灶都被烧得烫人，从前小孩子的湿鞋都放在灶边炕。那些日子，鞋子被炕得呀，穿在脚上都烫脚。不仅炒米糖，还炒芝麻糖、花生糖。

还要做挂面。我家的挂面做好后，父亲挑回家，被母亲珍重团放进大缸里，这些挂面，不仅要吃过正月，还要吃到二三月土地开耕的时候，总之日子好长，比挂面还长。腊月吃什么呢？吃挂面头，从挂面杆上捋下的一个个挂面头。一般是晚上煮挂面头吃，中午剩的米饭掺水还搭上年糕煮滚后，撒一碗挂面头，再煮一滚，再撒上些青菜就好了。临吃之前，母亲会很慷慨地和上一大筷头的猪油进锅，还撒上一圈香葱，一点味精，锅铲子在锅里转几趟，拌匀，盛入碗里。就有那么香！白年糕的软糯，青菜经霜后的甜嫩，米饭拖儿带女一般掺夹其间，它们相伴烘托一点微咸的挂面头，来抚慰乡下人家的肠胃。这是挂面头在腊月受到的礼遇。

我最害怕的事情是炸油荤。灶膛里的火烧得旺旺的，锅里的香油也烧得波浪滔天似的，豆腐切成条放进去，一不小心就"啪"地溅出油星子来。"奶奶，炸了！"我叫道。奶奶一巴掌轻轻扇过来：大丫头，叫你别说"炸"还说！可是，再炸的时候依旧说，依旧挨巴掌。依旧不舍得离开厨房，厨房里热闹啊，还有东西可以尽着我们吃。吃过炸豆腐，吃炸面粉条，吃炸糯米锅巴，还有山芋圆子、糯米圆子……

"上七掸尘。"腊月十七掸尘，错过了十七，腊月二十七一准掸尘。

母亲从豆腐店拎回豆腐水，一路冒着白气，回来给我们洗头洗澡。说是用豆腐水洗头将来头发乌啊，用豆腐水洗澡皮肤不痒而且白啊，我们当然愿意洗，以为长大后必须得有乌头发和白皮肤才能讨人喜欢。那时候，洗澡盆放在朝阳的草垛边，借着草垛挡风来洗澡。我坐在澡盆里，享受着豆腐水的清香。冬日午后的阳光披覆在草垛上，也披覆在我潮湿的身体上。门前的许家塘清波粼粼，也像一口大澡盆，里面洗着太阳和云朵，以及树木的倒影。

腊月二十三送灶。过了送灶节，大大小小的鱼塘就要开始起了，一直起到腊月二十八九。

鱼塘起过，就要杀猪。穿着油晃晃大裈子的杀猪匠手里捏着一根香烟，带着几个副手一进村，一股杀气进村。小孩子们又恐惧又好奇，从草垛边纷纷探出脑袋来，低嚷道："杀猪匠来啰！"杀猪匠径直往猪圈方向去，躺在竹篮子里的杀猪刀犹见银光。我心里忧戚起来，替我家的大黑猪难过。我不敢回家，躲到大妈家床头边的柜子后面，依然听到嗷嗷的猪叫。

躲到傍晚，只好回家。家门前的场地上一大摊的红血未干，上面还杂着黑色的猪毛。我抬眼看看猪圈，猪圈门是敞开的，里面猪粪还在，猪睡

觉的稻草还在……我们那里流行送猪血汤，就是杀了过年猪的人家，把猪血、猪内脏、猪油渣子之类煮一锅汤，赠送给左邻右舍，一家一大碗。母亲盛好汤，排放在锅沿边，安排我一家一家端送去。我就端了碗，送到大妈家，送到二妈家，送到三妈家。三妈接过猪血汤，轻声说："阿晴，你家的猪杀了哈？"我嗯了一声，头低着接过三妈还回的空碗，眼泪就要下来。晚上的汤，我一口都没尝，肉也不吃。每年杀过年猪，我都觉得好悲伤。

杀过猪，还杀鸡。公鸡母鸡都要杀，家家户户杀得鸡飞狗跳、血雨腥风。

我的悲伤在腊月繁忙的空气里一点点稀释，稀释到腊月三十鞭炮响后，才终于内心坦荡起来，觉得人间多的还是欢喜和热闹。当家家户户贴上红对联后，当一个村庄都氤氲在一片茫茫盛大的红色里之后，终于觉得人世有靠、岁月可待。

载于《时文选粹》

这世界最温暖的地方，就是那个一直被我们惦念的家。怀念一种味道，怀念一些人，怀念一些特殊的记忆，无非是怀念那个温暖的家。

淡淡柠檬香

文 / [澳] 沃洛妮加·达伊曼 孙开元编译

> 爱之花开放的地方,生命便能欣欣向荣。
>
> ——凡·高

一天,我在马路边上一所邻居的房子前看到一个铁桶,里面装的都是颜色鲜黄、没有半点瑕疵的柠檬。桶边上靠着一块手写的告示牌,上面写着:"免费柠檬,喜欢就拿。"

我随手拿了两个诱人的柠檬,而这位陌生邻居的慷慨也让我开心了很久。于是回到家坐下来,找出最好的笔和纸,工工整整地写了一封感谢信,但是没留下我的姓名和地址。在下一次经过那所"柠檬屋"时,我把这封信投进了屋子门口的信箱。

一个星期后,我在报纸上发现了一篇文章,标题是《美意柠檬》,文章写道:"今年我们的柠檬大丰收,我不想浪费了,就把它们装在桶里,放在房前免费送给过路人。几天前,我收到了一封字体优美的信,写信人感谢我送的柠檬,但是没留名字和地址。收到这封信完全出乎我的意料之外,但是让我感到欣慰至极。现在我通过报纸,感谢那位匿名朋友给我带来的快乐。"

我知道这篇文章是我的那位邻居写的,心中不禁涌起一阵暖流,没想到一个小小的善意交流竟然对我们两个从没见过面的人产生了这样大的

影响。

我每天出门都会从那所房子前路过，一天，我看到一个身材弱小的老太太正站在她家门口的信箱前。我们朝对方微笑了一下，我对她说了声"你好"，然后夸赞着她的房子和花园很漂亮。"那是我丈夫比尔设计的房子，也是他盖起来的，他最喜欢的是花园，"老太太说，"但是他去年去世了，我只好雇了个园工来管理花园。"

停了一会儿，她看了看四周说："只要来到这座花园里，我就感觉比尔还活在身边似的。"

听到这里，我的眼泪差点儿流出来，我想告诉这位名叫格蕾西的可爱的老太太，我就是那个给她写感谢信的人。但不知为什么，我没说出口。

一个多星期后，我看到邻居的房子前面更热闹了，人来车往的很是忙碌。又过了几天，我惊讶地看到一辆搬家车停在了路边，一位衣着整洁的中年女士正站在房子前打电话。走近了一些之后，我听到她说："妈妈永远不会同意我把这所房子卖掉，我自己也舍不得。"

她转身朝房子走了过去，我听不到她后面的话了，但是我有一种不祥的预感——格蕾西老太太可能出了什么事。

我等着那位女士打完了电话，走过去问她："冒昧地问一下，格蕾西还好吗？"女士的目光黯淡了下来，轻声回答："上个星期，我妈妈在睡梦中安详地走了。"

"很遗憾听到你的不幸。"我没想到格蕾西的去世会让我这样伤心，我竟然一时说不出话来。沉默了许久之后，我把柠檬的事告诉了格蕾西的女儿。"原来是你啊！"她叫了起来，"妈妈跟我说过那封信的事……你不知道那封信对她来说是多么有意义！"

我参加了格蕾西的葬礼，也见到了她的其他家人和朋友。通过他们的回忆，我对我的这位"柠檬女士"有了更深的了解。

从那以后，我和格蕾西的女儿萨拉建立了深厚的友谊，因为萨拉不打算卖掉那所房子，我就和她商量，把房子租了下来。

现在，我住进了这所飘散着淡淡清香的"柠檬屋"，亲手照管起了格蕾西和比尔的花园。花园里种的一棵柠檬树每年都会结出丰硕的果实，每到这时，我就会把一只光亮的蓝色铁桶放在前院，往里面装进漂亮的柠檬，再给邻居们写下一个告示牌："喜欢就拿——为了纪念格蕾西和比尔。"

　　　　　　　　　　载于《时文选粹》

世间总有些美好的东西让我们动容，比如真爱，比如分享，比如一份爱情的守护和成全。总之，都是爱的力量。

我演圣诞老人

文/[美]查尔斯·霍尔 孙开元编译

> 人生之路要自己走，要过怎样的人生，完全是自己的选择，只有自己才能赋予生命最佳的诠释。

我在28年前住在纽约市，和很多年轻人一样，那时的我只顾忙碌，没有真正地庆祝过圣诞节。我也太要强，做梦都想成为百老汇的演员，顾不上别的。我每天早上5点起床，买一块隔天的面包，就在时代广场不远处和另外一千来人排队等着试演。一连三年都是这样。

一次，我获得了上台演出的机会，我要扮演的是圣诞故事里最有名的角色之一、大文豪狄更斯笔下的吝啬鬼埃比尼泽·斯克鲁奇，而且是在大型节目《无线电城圣诞奇观秀》中演出。

不过我还要在一个场景中扮演圣诞老人，我觉得这是个最没劲的角色，因为圣诞老人总是那么好，太单调。但我还是很兴奋，一路跑回了单身公寓。

我投入地表演着斯克鲁奇，我嘲笑穷人、视财如命，圣诞精灵到来时我愤恨、释然，同时又悲伤、悔恨。剧本演至尾声，冷漠、吝啬的斯克鲁奇哀求圣诞精灵再给他一次机会，我双膝跪地，哭泣着，真的流泪了。在我成长过程中，我的爸爸是个酒鬼，妈妈每天夜里都是一个人哭着睡着，我却不知道安慰妈妈。在扮演斯克鲁奇之前，我从没真正理解过伤心、愤怒和无助是什么感觉。后来我想，我在舞台上流泪，是希望自己也能有第二次机会吧。

观众们热烈鼓掌，但是他们去后台见我，不是因为我演了斯克鲁奇，而是因为我演了圣诞老人。

不只是孩子喜欢圣诞老人，大人也喜欢。陌生人看到我穿着圣诞老人服装时，也会朝我微笑。有一次当我走进演播室，女主持人竟然喜极而泣。"真没想到我能和圣诞老人对话。"她说。

还有一次，一位朋友问我能不能让她的女婿见见我。他在伊拉克战争中受伤了，这个年轻人到来时，我看到他的头上有一道长长的伤疤。他走过门口时很费力，他的妻子搀扶着他，他才没跌倒。但是当他看到我，这位士兵向前迈了三大步，一言不发，紧紧抱住了我，我都无法喘气了。那一次，只有我一个人哭了。

不久后，《圣诞奇观秀》中不再有斯克鲁奇，但是我在其后将近30年里的4000千多场演出中扮演过圣诞老人，这样一个时间足以改变一个人。当你喜欢一个人，慢慢就会以他或她的眼光看世界。有一次演出时，台上的大幕不知怎么卡住了，我只好来一次即兴演出，突然我看到一个小女孩从台下走了上来，我就和她聊起来，问她圣诞节想要什么，仿佛自己真成了圣诞老人。

还有一次在寒冷的冬天，我穿着普通衣服，在大街上，我看到一位比我年长的女人走在冰上滑倒了。我赶快走过去把她从地上扶了起来，搀着她往前走。后来我才知道，她是一位无家可归，正需要帮助的人。

一次，我对舞台总监说："我想一直穿着这身圣诞老人服装，这样我就永远不会发脾气或做坏事，我每天都会成为一个更善良的人。"

圣诞老人是我人生中最美好的一部分，他不只是我扮演的一个角色，还是我的榜样。斯克鲁奇也许揭开了我少年时留下的心灵伤痛，但是圣诞

老人让我拥有了美好的另一面：孩子般的纯真。圣诞老人给我展现了什么是善良和快乐，仿佛在告诉我："查尔斯，看看这个世界，微笑吧！因为奇迹就围绕在你身边，你所要做的只是相信。"

28年前，我那么渴望着成功。我想要获得托尼奖、扮演大角色。我想发财、出名，这是真的，但是超越于此的是，我希望人们能欣赏我的演出。我想成为一个优秀的人，工作上我希望自己成为斯克鲁奇，因为这个角色很有趣。我想，斯克鲁奇能让我成为一个更好的演员。但是现在，我要感谢圣诞老人，圣诞老人让我成为一个更好的人。

载于《智慧背囊》

我们每个人都有自己扮演的角色，不管是什么身份，都应该保持善良和纯真。

给我一个帮助你的理由

文 / 李军民

关爱，温暖了别人，升华了自己。

——谚语

去年开始，我代技校电厂专业班的课，兼做这个班的班主任。

二年级上学期开始，连续几天，娇娇一到下午五点半就向我请假，不仅早走，而且不上晚自习，每天如此。

我问她什么原因，她心事重重只说家里有事，必须回家。

我想，也许她不愿意说什么事情是有原因的。娇娇平常是一个活泼开朗的女孩儿，既是副班长，又是学生会成员，而且文体活动方面很积极，元旦晚会上她自编自导自演的小品感动得许多人流下了眼泪。

连续两周，天天如此，我心里不由憋了一股无名火，几次想批评她："你是来上学来了，又不是到自由市场买菜，想来就来，想走就走！"但转念一想，她肯定有她的苦衷，我还是耐住性子慢慢了解吧，我隐忍未发，只是我需要她尽快给我一个请假的理由。对于她这样老请假的同学，我感觉心里很不舒服。

周日休息，妻子出差不在家，上午我自己去买东西，在超市门口意外发现，一辆运送货物的货车跟前，娇娇的母亲穿着超市的工装，和几个人在吃力地搬运货物。她来过学校，我是认识的，原来她在超市上班！简单

打了个招呼，她想对我说什么，又欲言又止。我本来也想问问她娇娇为什么每天请假，怕有些太唐突，便没有询问。

下午，在学校办公室批改完作业，出来的时候已经天黑了，一个人不想回家做饭，便想着在街边的面摊上吃碗面得了，平时我一般不在大街上吃。到街边一字排开的简易帆布棚子搭的露天面摊上以后，发现吃面的人还很多。我在一个几乎坐满人的面摊找了一个空位坐下，点了一碗炒面。

面很快就端上来了。端面的女人给我放下碗以后，站在我面前不动了，呆呆地看着我。

我定睛一看，怎么是娇娇的母亲？她戴着白色的帽子，胳膊上套着套袖，腰上还围了一个花色的围裙。灯光下，她的脸挂满汗珠并涨得通红。

大概看出我流露出的惊讶表情，她神色慌乱地说了一句："李老师，您慢吃！"然后，就匆匆转身去招呼其他客人去了。

她不是在超市上班吗，怎么又到了面摊上干活儿？同一天在不同的工作场所见到了她，我非常纳闷儿。吃完面，看着忙碌的娇娇母亲，我心情复杂地起身回家了。

周一下午，娇娇再来找我请假的时候，我很坚决地说："今天，你必须给我一个请假的理由！"我觉得自己已经对她请假的原因了如指掌，但我需要她亲口说出来。

娇娇一听我的话，竟然垂着头流下了眼泪。她说："老师，我本来不想这样，可是我家的情况特殊……"

我说："我知道，昨天我在超市和面摊上见着你母亲了，我问你，你母亲是不是一个人打两份工？"

娇娇颇不好意思地说："老师，其实我妈妈打着三份工，除了上午去超市搬运货物，下午和晚上去面摊上帮厨，清早还得去给人家打扫卫生。今年我父亲去了外地工作，我的弟弟刚上幼儿园，需要我来接送照看。"

唉！娇娇这孩子稚嫩的肩膀要扛起这么重的担子，作为她的老师，我还有什么理由责怪和苛求她呢！

我真诚地对她说："老师以前不了解你的情况，以后我特批你每天下午一个小时的假和晚自习的假，就不用天天来请了，到点你就回家吧！学生管理科那边我会去解释的。家要照顾，学习也不能落下，你要相信，将来日子总会慢慢变好的！"

娇娇眼含热泪面带微笑对我说："老师，我相信您的话，一定会好起来的。谢谢您，老师！"娇娇向我深深鞠了一躬，转身走了。

有时候，细微的帮助能使别人对未来充满极大的信心，而帮助别人之后能够使自己获得无穷的快乐。

载于《智慧背囊》

> 有些时候，我们是不懂别人的苦痛的，而别人也不会主动言明。走近他们，发现苦难和伤痛，给予帮助。这是我们做过的最好的事情。

向死而生

文 / 凉月满天

> 作为一个人，要是不经历过人世上的悲欢离合，不跟生活打过交手仗，就不可能真正懂得人生的意义。
>
> ——杨朔

刚看了一本小书：《殡葬人手记》，作者托马斯·林奇，美国密歇根州一个小镇的殡仪馆的老板。

这个特殊的职业虽使他见惯死亡，却在心里保有鲜活的非职业化的感想，这一点实属难得，就好比沙漠里开出鲜艳的潮润温软的大瓣花朵，那感觉很奇特。

生者营营，一个牧师打高尔夫球，穿爱尔兰亚麻布的法衣，开高级轿车，还想当红衣主教。就是这样一个家伙，居然放胆宣言："死的时候不要铜棺，不要鲜花，只要有一个简朴的葬礼和一个平民化的坟墓。"托马斯很客气地跟他讲，不用到死的那天才这么搞，你现在就可以做活着的圣徒：退出乡村俱乐部，不开豪华敞篷车，不穿高档毛衣和皮鞋，不吃上等肋条肉，不殚精竭虑地攒钱，你的钱我还可以帮你分给穷人。然后，他收获了这位高贵的牧师的诅咒的眼神。这样的人并不稀奇，他是世间虚伪的典范，表面光鲜闪耀，内里一团败草，只有死亡才能使他摆脱欲念的困扰。

相对这个牧师而言，托马斯的邻居米罗朴实善良，他开着洗衣店，不声不响地帮助刚刚离异，带着四个小孩艰难生活的托马斯，每天早晨来带走五大包脏衣服，中午再洗得干干净净，叠得整整齐齐地送回。"我"去交付欠账的时候，顺便向他致以谢意，他笑着说："别放在心上，一只手洗另一只手，谁跟谁呢？"现在，米罗死了，双眼紧闭，目光熄灭。"我"郑重地对待他的遗体，先是让右手压在左手上，然后左手压在右手上，后来，"我"不再折腾了，因为不管怎么放，都是一只手洗另一只手，有什么关系，又分什么彼此。

托马斯的父亲也是殡葬师，托马斯子承父业的同时，顺便也从父亲那里继承了对于死亡的恐惧，他们眼中看到的一切，包括疯狗和能传染疟疾的蚊子，以及冒充邮差与教师的歹徒，都有可能谋杀自己的孩子，就连蝴蝶都难逃嫌疑。见惯了死亡，也深刻理解死亡是怎么一回事的人，却仍旧对于孩子的死备感恐惧，是因为老人的死和孩子的死，实在是有着不同的意义。"当我们安葬老人时，我们埋葬的是已知的过去……记忆是压倒一切的主题，是最终的慰藉。但埋葬孩子就是埋葬未来，和被我们的梦想所拔高的美好前程。这样的悲伤无边无际、无始无终。"记忆的完满和梦想的永未实现，对于整个人类而言，永远都是前者可供欣慰，后者足资伤痛，古今一理，天下大同。

可是，无论怎样，有生便有死。刚生下来需要清水洗一洗，刚刚死亡也需要用清水洗一洗，这既是仪式，又是需要，就像托马斯充满幽默风趣的调侃："在生命的此端，我们宣告：他活着呢，好大的味道，得赶紧洗洗。在生命的彼端，我们回应：他死了，好大的味道，得赶紧洗洗。"可是，无论洗与不洗，对于生者也许是必需，对于死者却已是毫无意义。"意义的丧失正是重大事件即将发生的头一个明确迹象。"的确如此。

虚伪的人活着搜罗鲜花和尊敬，真诚的人死后收获怀念和哀悯；老人死后获得尊重，幼者死亡引发悲伤。可是无论什么样的人，一旦死亡来临，便铜棺和木棺平等，鲜花和荒草平等，地宫和土坟平等，老人和幼儿

平等……生为物役，营营不休，逝随流水，一无所求。

偶翻纳兰性德的《饮水词》，看到一句"风絮飘残已化萍"，词意不过是援引古说，讲杨絮飘零，会入水化作浮萍，那么杨絮便是浮萍的前世，浮萍便是杨絮的今生。几天前，家人闲话，说起早已逝去的祖母。母亲说这么多年，谁都不肯给她上一次坟。我的父亲此时已七十余岁，平生胆小，一向怕打雷、怕坟地，现今正端坐如佛，乖乖看电视，却忽然大声抽泣。当时不以为然，我是无神论者，偏要讲往生，安慰他说不要哭，上不上坟都没关系的，人早转生，如絮化萍，我们所见，只是一座空坟，可是现在想起，却心里酸痛，因为它印证了这本书中的一句话："我死了，是你们活着的人面对死亡。"

这是死者对于生者的最后宣言。是的，逝者早得解脱，面对死亡的，从来，一直，永远，都是生者。

载于《特别关注》

> 我们一直都在向死而生。所以重要的不是怎么死的问题，而是如何好好有意义地活着。所以，尽可能地让自己活得有意义吧。

舌尖上的夏天

文 / 宋佩华

> 赞美童年吧，它在我们尘世的艰难中带来了天堂的美妙。
>
> ——阿米尔

一个孩子长到 7 岁，到秋天时就该上学了。一个夏天的早晨，母亲对他说，从今天起，家里放牛的任务就交给你了。

小男孩不愿意，这会让自己少了睡觉和玩的时间。母亲对他说，不放牛，秋天就不能去上学。小男孩太想上学了，每天看到姐姐背着书包的样子就羡慕得不得了。于是，他答应了。

早晨，太阳刚从东边的山顶上爬出来，小男孩就已把牛牵到了山坡上。他躺在草地上，看着天边的云霞，突然不远处一抹"红霞"映入他的眼，走过去一看，那"红霞"来自一丛荆棘，是一颗颗小灯笼似的果子。大概果子已熟透了吧，红艳艳的，在晨光里透着亮色，确实爱人。

小男孩不知道这东西能不能吃，他扒开荆棘摘了一些放进口袋，采摘时不小心还被划伤了小手。但是他毫不理会，直到把自己的口袋装满为止。

这可是个大发现，他原以为放牛会非常无聊，没想到竟有这样的惊喜。他拿出几颗果子放在鼻子下闻了闻，似乎闻到一股香甜的味道。

回到家里，他一头钻进厨房，母亲正在烧饭。"妈，我给你看样好东西。"他把野果子给母亲看。母亲告诉他："这是野草莓，你真聪明，第一天放牛就采到了野草莓。这是老天给你勤劳的奖赏。"

小男孩高兴地笑了，他拿出一颗野草莓放进了嘴里，轻轻一咬，一股清香溢满唇齿，一股香甜的汁液流进了喉间。

他开始喜欢上放牛了，喜欢上夏天了。每次放牛都会去寻找野草莓，采摘回来带给母亲分享，这让他心里十分骄傲。

妈妈对他说："等你长大一点儿，我带你到山上去，山上的野果比山下多得多，也好吃得多。"

第二年的夏天，小男孩如愿跟妈妈进了山。山上的世界果然比山下好玩得多，藏在山里林间的野果子也千奇百怪。

那天妈妈发现了一棵结满野果子的树，那果子黑黑的，密密麻麻地吊在树枝上，像是黑珍珠耳坠。

母亲告诉他，这叫吊茄子，你看它的颜色是不是和家里吃的茄子一样？只不过没做菜的茄子那么大而已。

"你吃吃看。"母亲摘了一颗，剥了皮塞到小男孩嘴里，他只轻轻一呷，那颗吊茄子就刺溜一下从舌尖滑到了肚子里，只在喉咙里留下一丝甜甜的味道。

小男孩越来越喜欢夏天了，每年夏天都让母亲带他进山采果子。由此，他也认识了越来越多的野果，布梨楂、野葡萄、山荔枝、茶耳朵、地茄子……这些大自然的馈赠，让小男孩享受到了夏天的甘甜，让他品尝到了舌尖上的幸福。

有一年，母亲对他说："妈妈再也不能带你上山了，以后就由爸爸带你上山吧。等你长大后，就可以独自上山了。"

可是，爸爸只顾埋头采药，根本不再给他找野果。再后来，母亲不在了。

多年以后的一个夏天,小男孩已长成了小伙子。他仍然会进山,山上的野果满树生香,但小伙子只是静静地站在果树前看着,有时也凑近去闻一闻,而不再动手摘一颗。

因为在他的眼里,每一颗果子里都藏着母亲的眼睛。

因为在他的心里,夏天已停留在童年的舌尖上。

载于《中学生》

> 有些时光,再也回不去了,可是有些记忆还清晰地印在脑子里,有些人,也一直念念不忘。

你曾经说过的最温暖的话

文/安宁

人之为善，百善而不足。

——杨万里

人若是舟楫，那信任大约是助其向前的波浪；反之，则是阻其行走的大风。信任越多，舟楫越快；信任越少，舟楫则有可能倒行逆施，背离要抵达的目的地。这就犹如偏执一些的孩子，母亲如果对他微笑宽容，不去修剪那些旁人以为芜杂的枝杈，倒是让他生出冲天的枝干；而一旦这般怀疑，那般猜忌，反而会让这孩子原本无关紧要的小性子，放肆地向四下里伸展开去，一直到只顾着反抗，而忘记了那主干向上的姿态。

所以看到那些上课迟到的学生，信誓旦旦地在我面前说谎，总是大度一笑，想起十年前的自己，也是这般将大学过得鸡飞狗跳、喧嚣一团的模样，对老师所撒的谎，写下来可以编成一本《迟到早退理由之大全》，供师弟师妹们参考或者效仿。

我清晰记得那些学生撒下的谎，犹如记得自己在老师面前的小心计。有一个学生，在我讲到一半的时候，气喘吁吁地闯进来，又风一样跑到我的面前，报告说他的舍友生了病，他刚刚将他送到校医院回来。然后还擦了一把额头的汗，飞给我一个做了好事没留名的羞涩表情，便匆匆归了位置。但他不知道我在下课后恰与他的其中一个舍友一起下楼，相聊间，便得知了他上课迟到，不过是因为与女友闹了小别扭，为了讨好，去学校门口买了她爱吃的热薯条，又怕冷掉了，惹女孩不悦，便一路飞奔，做了速度最快的"快递员"，送至女孩自习室，在外面偷偷看女孩吃下一口后，这才穿越整个校园，赶自己要上的课程。我没有在又遇到男孩后，揭穿他为自己"贴金"的小把戏，更没有像他的舍友们那样，在知道了前因后果后，封他个"情圣"的称号，而是微微笑着问他你舍友的病好了吗？他果然红了脸，低下头去，说好了，谢谢老师。这一个"谢"字，他没有加上"关心"的后缀，但我们彼此却心知肚明，他会因此记得我这一次的善意，而我亦会自此得到他的信任。

想起自己读书的时候，一次跑去看一场日间的老电影，忘记了上课，等到想起来时，课已经快要结束。本来可以完全逃掉，因为那个总是一脸淡漠的老师，未必会对我有深的印象，但出于尊敬，还是快马加鞭地奔跑过去。从后门悄无声息地溜进教室，打算课下再对老师解释一个合理的迟到原因，但老师锐利的眼睛，却即刻化作无情的鞭子，越过全班同学的头顶，重重地抽在我的脸上，并起了红色的印痕。她几乎是冲我喊叫起来，让我这从后门进去的学生，重新绕到前门，并在我解释完是因为给学校校报帮忙而耽误了上课时，她毫不留情地便当场斥责我撒谎，并罚我一直站到课下。而在她上课结束离去时，她已经完全忘记了我，或者是故意将我冷落掉，擦着我的肩膀过去。我几乎能感觉到她胳膊上传过来的静电，呲呲地烧伤了我的肌肤，连同里面裹着的一颗试图请求她谅解的心。

此后我对这个老师，再也没有产生过兴趣。她的课像是一张被揉皱了的纸，我看也不看，便随手丢进了记忆的垃圾箱。她未曾给予我的谅解与宽容，在我这里也同样没有为她留下一个温暖长久的位置。

我的一个同事教舞蹈班的学生，那些每天5点早起辛苦练功的孩子们，常常来不及吃饭，就要赶赴早晨8点的课程。所以每每她上课的时候，便可以看到下面一张张啃食面包的嘴，时不时地，还会发出有节奏的咀嚼声。

同事站在讲台上，若不回头，那些声音听上去便像一群酣畅饮食的小猪般可爱，也让人哭笑不得。许多老师，一再严肃申明，上课不准吃饭，还曾经有一个老师，因为将一个正在偷吃饼干的女孩叫起来训斥，差一点让女孩当场噎住了喉咙，并因在同学面前丢了颜面，而再也不敢来教室上课。而同事则巧妙地在点名的几分钟里，让孩子们一起吃完手头的东西。孩子们果真听话，迅速地消灭掉买来的早餐，并因为老师这一对他们无法有时间吃早餐的信任与宽容，而在听课时格外认真，并于毕业后还念念不忘老师这一点的好。

　　同事一直用心记着一个女孩的话，她说，老师，你知道吗，你说过的最温暖的一句话是，"孩子们，慢点吃"，这比你讲过的任何一节课，都更能打动我们的心灵。

载于《中学生》

　　你曾说过最温暖的话是什么呢，恐怕连你自己都不记得，或者你压根儿就不知道，因为你说过的话，在别人心里。总之，多一点善良和爱吧，别人总会记得。

女人的阳台

文 / 冬晴

> 只有丑陋的心灵，没有丑陋的女人。
>
> ——铁凝

阳台是女人的阳台。

看一家的阳台，大抵也就看见那家的女主人。

她活得匆忙潦草，她活得湿润芬芳，她活得苍白自守，她活得简洁开朗……都能从阳台中窥见一二。

阳台，可见一个女人的生活和她的品位，甚至她内心的季节。

广州人似乎特别爱在阳台养花草，而且养得茂盛，绿气腾腾。水荫路那边走，一家一家看，远看那些阳台，被绿色植物掩映得森森然，好像远古丛林。让人恍惚，这是中国相当前沿的大都市，还是热带雨林深处部落酋长的府邸？

说到底，我欣赏广州女人，内心深处这样种植着厚厚的绿意。车子跑得再快，电话打得再频，生活节奏再如何催人推人到惶惶不安，她们自有一座丛林的绿意，来悠然安置自己的眼睛和自己的心。

北京人的阳台，显然就没有广州那样丰沛的绿。

北京人也在阳台养植物，窗台子上也坐有花盆，但是点到为止。家里，木本的有两盆，草本的有两盆，就觉得四季平安、绿色和平了，不会养到绿色泛滥。

或许是北京的气候使然，风和日丽，干、燥、硬。即使到公园去看垂柳，那垂柳的叶子疏疏的、寥落的，不及南方万头攒动的绿叶在微风里温柔地颤动。

看北京女人的阳台，我就看到了一种疏朗、开阔、简洁，不婆婆妈妈，不小欢小喜。连一朵海棠盛开，都觉得那艳里透着一种四平八稳，一种不苟言笑的慎重与严肃。

合肥人的阳台很朴实，真实可亲，就像合肥的女子。

不大养名贵花木。花木养起来，也不娇生惯养。人从马路边过，侧脸一趟看过去，那些花木长势相当原生态。月季、天竹、栀子花，它们在花盆里，静静长着，不招摇，好像是在办公室里上班，年长日久，不慌不忙。

苏州人的阳台，小巧、精致，也养绿色植物。那些植物大多是开花的，红、蓝、粉、紫，一朵朵透过阳台的玻璃门依旧清晰可见。临水的阳台，花木最是丰饶。俯看水底，倒影里是一家家阳台，有花，有矮木，也有女子飘扬的衣裙，真是姹紫嫣红，都在微波荡漾着。

看苏州女子的阳台，会让人心里甜甜软软，希望下一趟来还经过这些阳台。

小镇人家的阳台，最烟火，最日常。可以下了车来，慢慢从那些阳台下经过。新洗的衣服还在滴水，从楼上滴下来，滴进路人的脖子里，清凉犹香。风斜斜地经过楼丛和街道，吹着这些衣服，半干不干，洗衣粉的残香一缕一缕在空气里飘散。

回头看那些阳台上的衣服，从短到长，在阳光的照射下，白的那么白，蓝的那么蓝，红的那么红……都是手洗的呀！

那些低矮的花盆，抬头看去也是洁净的。一串红、茉莉、木本海棠、丁香，低调地摇曳，散发花香。像小镇的女子，自在芬芳。

最不喜欢看防盗森严的阳台。会同情住在屋子里的人。觉得他们是被囚禁的老龟，在黑暗里孤独爬行。那个隐隐绰绰在阳台活动的女人，我会觉得她孤独无依、寸步难行。

也不喜欢关紧玻璃的阳台，不爱开窗通风的女人，多半胆小谨慎、缺乏沟通，对这个世界和男人怀着深深的戒心，冰冷的戒心。

我喜欢那些内容丰富的阳台，并通过它欣赏着阳台背后姿态生动的某个女人。

载于《语文报》

一个阳台，折射的却是阳台背后一个女人的故事，世间万物就是这样奇妙，看似没有关联的事物，其实是有千丝万缕的联系。

且接且珍惜

文 / 星船

> 能将自己的生命寄托在他人的记忆中，生命仿佛就加长了一些。
>
> ——孟德斯鸠

和同事在一块儿聚餐，觥筹交错，热闹非凡。突然，小李的电话响起。本来正在一本正经发表言论的小李，严肃的表情顿时来了个180度大转弯，嘴角笑开了花，温情地说："甜甜是一个好孩子。想吃什么？告诉爸爸，爸爸回家给你带回去。"他慈爱地对着电话说着，好像宝贝女儿就在眼前，我的心不由得肃然起敬。小李的电话给孩子带来了温暖的关爱和满满的期待。一个对孩子温柔用心的男人，还有什么干不好？

这让我想起了另一个电话。我乘公交车去市里开会，中途邻座的男子接到妻子的电话。从男子的应答中听得出来是妻子有些不舒服，不想做午饭了。那位男子柔情地问道："想吃点什么？我下车后买好带回家去。好利来的甜点？荔枝村的糕点？还是KFC？"我的心里立刻有一股暖流涌过。原来吃个饭还可以有这么多选择，不舒服的事也变得有意思起来。一个对妻子呵护和疼爱的男人，还有什么工作干不好？

婚宴席上，大家说说笑笑，吃喝得正尽兴。一位男子却退出热闹，走到门口外面给母亲打电话。他温柔地说："我8点半之前到家。我带了钥匙，可以开门,你先睡,不用等我。"我刚从洗手间回来,碰到他正在打电话。他跟我解释说:母亲跟他们住在一起,每晚都要等着他回去才能睡觉。母亲睡得早,他若不回去,她就睡不着。提前打个电话告诉母亲,不让她担心。8点刚到,他很抱歉地告辞,提前离去。一个对父母时刻牵挂惦念的男人,还有什么事干不好?

然而,经常在一些饭局或公共场合看到一些人接到家人的电话,口气非常不耐地急躁地说:"正忙着呢,别打了,有事一会儿再说。"未说两句,就匆匆地挂掉电话。忙什么呢?忙着喝酒,忙着跟别人说些无关紧要的话?忙得却没有耐心听家人说两句知心话。

什么是酷?什么是范儿?电话里的爱给了我们最好的回答。懂得尊重家人,关爱家人的男人才是真正的酷,真正的范儿。对待家人的态度,显示了一个人真实的品质。无论你的权位有多高,无论你的财富有多大,如果没有家人的爱,那你的内心也是极度空虚的。

一个小小的电话,一种温情的诉说,一份深深的牵挂,无限亲情的寄托。小小电话爱,且接且珍惜!

载于《中学生之友》

我们总是那么忙,忙得忘了家庭,忘了孩子,忘了那个等你回家吃饭的人。可是我们总是弄丢了些什么。珍惜吧,有些东西变了,就没有了。

第四辑

天使住在我楼上

　　威廉长出了一口气，说："为了让他的心灵得到安宁，捐赠钱财容易，但要捐赠心灵的安宁可不易啊，这才是一个真正的慈善家所要做的事情，现在好了，我终于做到了。"

天使住在我楼上

文/赵丰超

> 世间没有美丽的天使，只有善良的女人。
>
> ——何灵

一

那年初中毕业后，我如愿考上了县城的高中。新学期到了，那天母亲为我准备了酱豆、咸菜、挂面，并把一个个鸡蛋塞在米袋里，以防碰破。我背着大包小包的粮食，来到了向往已久的学校。

校园里都是报到的新生，他们都在家长的陪同下欢呼雀跃着。令我奇怪的是，他们根本就没多少行李，更没有装满粮食的蛇皮袋子。我惊慌起来，我的屁股上还有两个补丁，我该怎样掩饰那贫穷的伤疤呢？曾经以成绩自负的我，猛然尝到了自卑的滋味。我低着头，顺着墙根，尽量给别人留下侧影，一溜烟儿闪进了宿舍。

可是，刚进宿舍楼大门，宿舍管理阿姨就拦住了我。她把我背上的蛇皮袋子取下来，一样一样检查，一看到粮食，就变了脸色，声色俱厉地说："这是宿舍，不是食堂，宿舍里不准起灶做饭。"我一下子蒙了，茫然地看着她，如果不让起灶做饭，我该吃什么呢？这时，旁边已经挤来很多报到的同学，我窘迫地低下头，生怕他们记住我的脸。

"先把这位同学的粮食放我宿舍吧。"一个清脆的声音响在耳际,我抬头便看见她,而她也正打量着我。她拿着书,像是老师,正要回宿舍的样子。她又提醒说:"来,我帮你提一袋。"我才回过神来,我已经说不出那一刻心中有多感激,但我的眼泪已经濡湿开来。

四楼是教师宿舍,是学校专为教师配备的公寓,有厨房、卫生间、卧室,还有一个小客厅。她住在四楼偏角的位置,而我的宿舍就在三楼,也在偏角的位置,她就在我头上。我把粮食放在厨房里,然后向她深深鞠了一躬,算是表达我说不出的感激。她却只是笑笑:"你去忙别的事情吧,这个事情回头再说。"

我办完入学手续,就匆匆向食堂跑去。我希望能够把粮食交给食堂,换来饭票之类的东西,这样既不用在宿舍做饭,也能解决吃饭的问题了。可是食堂的负责人却说,饭票是有,但是食堂只收现金,不要粮食。我愣在那里,不知该怎样开始我的高中生活。十几年的农村生活已经历练过,我不是不坚强,可是那一刻,我还是忍不住自己的眼泪。

回到宿舍后,我躺在床上,看着天花板。我知道她就在楼上,就在我的头顶,粮食还放在她的厨房里,她会怎么想呢?

我一遍遍鼓起勇气,终于来到四楼,敲响了她的门。她打开门,高挑的她半弓着身子,几乎与我等高,她微笑着问:"都办好了吗?"我点点头,可是不知怎样把食堂的事情告诉她,我感觉,这是十几年来我所遇到的最棘手的事情。我试着张了几次嘴,可是话到嘴边还是咽了回去。

或许她已经看出我的心事,是的,她怎会不知道食堂的规矩呢?

她说:"粮食就放我这儿吧,如果你愿意,以后你可以在我的厨房里做饭。"说完她就取下一把钥匙给我,并且告诉我不用重置灶具,用她的就行。

那是世界上最悦耳的声音,字字珠玑,点点震颤着我的心,至今想起还是热泪盈眶。我接过钥匙,只觉得有千斤重,除了信任,这把钥匙里还

装着许多东西。我拼命点点头，又是深深一躬。就在一躬到底时，眼泪已经四溢开来。

无论如何我也想不到，我的高中竟以一日三次流泪开始。

二

第一节语文课时，我看到她拿着书，慢慢走进我们的教室。她竟是我的语文老师，她竟是我的语文老师！我在心里对自己说了无数遍。当我们起立向她致敬时，我的躬比所有同学都深，鼻尖碰着桌面了才停下来。而别的同学都坐下时，我却还呆呆地站着。

她看着我说："那位同学要站着上课吗？"同学们一阵哄笑，我才回过神来，窘迫地坐下来。那节课之后，我就爱上了语文课，语文成绩也特别好。

可是，以后的日子里，每当我下课后匆匆跑回宿舍，准备做饭时，她却已经做好了饭菜，邀我一起吃。刚开始，我执意不肯，允许我在她的厨房里做饭已经是对我莫大的帮助，我又怎能"得寸进尺"呢？她在客厅吃饭时，我就在厨房里忙活着，下好面条后，就在厨房里匆匆解决掉，根本不去客厅，根本不敢见到她。

有一天，我正在厨房忙活，她却端着饭碗，趴在厨房的门上说："这样也很浪费煤气的，反正我已经做好了，你不吃也是浪费啊。要是你觉得我亏了，以后就用你的粮食好了。"我呆在那里，不知道说什么才好。从那天开始，我就和她对坐吃饭。可吃饭时，我从没敢抬头看她，吃完后就匆忙收拾碗筷，总不能再让她刷锅洗碗啊！

后来，我终于知道，星期三中午她上课到十二点，与我一起下课。我就记在心里，下课后，飞快地跑回宿舍，拿出米袋里的鸡蛋，还有她买好的西红柿，做一道西红柿炒鸡蛋。当她回到宿舍时，我已经在炒菜了，她就帮我淘米、蒸米饭。吃饭时，她不停地夸我，比她烧菜好，而我的确觉得那是我烧的最好的一道菜。

每天晚上，我躺在床上望着天花板，总在想，一定是上帝厌倦了我的贫穷，才派来一位天使帮助我。她就在我的头上，像一个光环般照耀我、引导我。而我却希望她是我的姐姐，我永远不要长大，她永远不要老去。

可是，三年时光真的很快，似乎只是几顿饭的工夫，就匆匆结束了。那天，我把钥匙还给她，并告诉她，高考已经结束，我要去工地上打工，回来之后，我要请她到最好的饭店吃一顿。她仍是微笑着，爽快地答应了我。

两个月后，我拿着大红的录取通知书，以及一叠散发着汗味的钞票，到学校的宿舍去找她。我想，她看到我的录取通知书，一定会很高兴。我要请她到最好的酒店——杏花村，吃一顿。

可惜，她不在宿舍，那扇我进出了三年的门，紧锁着。我悻悻地下了楼，心里是说不出的失落。我问管理阿姨，她什么时候走的？什么时候回来？管理阿姨却说："她啊，她再也不会回来了，她结婚了。都快三十岁了，再不结婚就老了。上学期刚结束她就搬走了，有了新房子，干吗还要住在宿舍里啊？"

我突然明白了，或许她之所以迟迟没有结婚，只是为了给我提供一个可以做饭的厨房吧。我握着手里的通知书和钞票，眼泪又下来了……

载于《做人与处世》

有些爱一直在，可是自己却难以发现。有些人一旦离开，就再也寻不见了。感谢一路上那些好心人吧！

一声问候

文 / 孙道荣

> 爱人是帆，爱己是船，只有彼此推动和支撑，才能使爱心长存，爱意永驻。

看到云南地震的消息，我的心头一震。

妻子说，不知道我们的熟人里面有没有云南人，赶紧问候一声。妻子没有云南的朋友。我想了想，朋友圈里没有云南人；单位的同事中，好像也没有；中学和大学的同学，大多是本地和本省人，也没有云南的；竟然真的不认识一个云南人？不相信地又将手机的通讯录翻了一遍，还是没有。我摇摇头，我也没有。

妻子忽然想起了什么，激动地说，其实我们有认识的云南人。问她是谁，妻子说是老朱啊。哪个老朱？我还是想不起来。妻子手指着东方，就是小区门口开维修店的那个朱师傅啊。

想起来了。听他说过，他是云南人，虽然在杭州摸爬滚打了十多年，还是一口云南口音。

没错，朱师傅算是我们的熟人。

他在小区门口开的店，已经很久了。先是小吃铺，做了几年，生意一直不大好，撑不下去，就改成了小卖部。卖的都是零碎的生活用品，也兼卖米啊，油啊，小区里年龄大的住户，他都送货上门，因此小区里的住户，也乐于照顾他的生意。可是，不久在小区边上，忽然新开了一家大超市，他的小店，又维持不下去了。不得已，他只好又关了小卖部，开了家维修店，说是维修店，其实什么杂活都做，诸如换灯泡、修马桶、捅下水道。总之，你家里遇到任何困难，只要找到他，他都想办法帮你解决，他做不了的，也会找人来做，直到问题彻底解决。我们这个小区有点老了，房子都使用了一二十年，各种毛病慢慢显露出来，他的维修店的生意，因而挺不错的。

他的小店，紧挨着小区的入口，与保安室面对面。小区老，又大，显得有点杂乱，第一次来小区的人，往往有点找不着北。如果问路，问保安不如问朱师傅，小区的保安换了一茬儿又一茬儿，朱师傅差不多从小区建成开始，就一直租了这个店铺做生意了，比一般住户都熟悉这个小区。

我与朱师傅的交集，始于孩子读小学时。我们夫妻都上班，有时候下班晚，孩子放学之后，进不了家门就常在小区门口等我们。朱师傅那时候开小卖部，看到孩子经常一个人背着书包，在小区门口张望，就搬了个板凳，让孩子坐，边等我们，边做作业，遇到下雨天，就让孩子进他的小店里躲躲雨。每次从他的小店接走孩子，心里都是暖暖的。

有一次出差，突然接到妻子的电话，说是家里的电没了，但看看外面，别人家的灯都亮着，不知道出了什么问题。这时候，物业已经下班了，想到她们母子俩人在家摸黑，真是干着急。忽然想到了小区门口开店的朱师傅，辗转问到了朱师傅的电话，打过去说明了情况，他正在外面办事，但答应马上赶回去。半个多小时后，妻子又打来电话说，朱师傅来检查过了，是保险丝断了，修好了，家里又有电了。

路过朱师傅的小店，我偶尔会停下来和他聊聊。一次，他忽然重重地叹了口气对我说，自己虽然在杭州待了十多年，但在杭州没有一个亲戚，也没有几个朋友和老乡，又不像我们这样上班的人，有单位，有同事，有

时候感觉挺寂寞的。我笑着说,小区里的人大多你都认识啊,你帮了我们很多忙,我们都算是你的朋友啊。

快给朱师傅打个电话啊。妻子的话,将我从记忆中拽了回来,她的手中,拿着一张小卡片,是朱师傅刚开店时散发给大家的。

我拨通了朱师傅的电话。

"你好,有什么需要帮忙的吗?"朱师傅客气地问。

"我没什么事,你老家是云南的吗?"我问道。

"是啊。"朱师傅答道。

我轻声问他:"这次地震,你老家有影响吗?老家人都安好吧?"

一阵沉默。半晌,朱师傅回话:"地震离我老家很远,没造成破坏。"顿了顿,朱师傅忽然声音有点哽咽地说:"谢谢你,这几天,我接了很多问候的电话,我以为我在这儿没什么朋友,没想到会有这么多人记得我、关心我、问候我,我感到特别特别温暖。"

我只是轻轻的一声问候而已。

载于《做人与处世》

哪怕是轻轻的一声问候,在别人眼里也是非常珍贵的礼物。

因为每个人境遇不同,需要的理解就不同。

纸上寄真情

文 /［菲］卡梅尔·瓦伦西亚 孙开元 编译

岁月不居，时节如流。

——陈寿

记得九岁的时候，有一次我和妈妈一起去新加坡果园路的购物中心，我们走进了一个小走廊，在一间屋子的玻璃窗后面坐着两个工人，听妈妈说他们是卖邮票的。我给了他们几枚硬币，他们微笑着把几张邮票递到了我手里，我和妈妈把邮票贴在了我们的信封上，然后就把信投进了信箱，我不错眼珠地瞅着投信孔，确信投进去了才放了心。

对于我妈妈来说，写信只是她的日常事务之一，比如给住在马尼拉的亲戚或是美国的婶婶写一封问候信，但是对于我来说，这是一件非常有意思的事。多少年过去了，我依然对这样的信件心怀眷恋。

看到楼门口的邮箱里收到了一封信是件另人兴奋的事，每次当我在下午出去练骑车之前，先要检查一下家里的邮箱有没有信，是我自告奋勇向爸爸妈妈要求完成这个任务的："我去！我去！"

那时我的小手可以直接伸进投信孔，不用钥匙。在拿信之前我会先往邮箱里瞅瞅，啊，在一堆广告、账单里有两封信！一封来自马尼拉，另一封来自美国！接着，我就会拿着信跑回家递给妈妈，如果信是寄给我的，我就会立刻在邮箱旁打开它看一遍。

我们家在 1996 年搬回了菲律宾老家，那时我不用去邮局了，因为人们开始使用电子邮件，人们见面谈论最多的就是他们的 Hotmail 和雅虎邮箱，还有就是网友给他们发了什么样的电子邮件。当人们可以方便地用网络发邮件时，为什么还要使用落伍的传统信件呢？因为只在网上收到一封邮件给人的感觉一下子就冷了。科技给予了我们一些东西，也夺去了我们一些东西。

后来，我所在的公司搬到了上海，我在那里又感受到了邮局带给人的亲切感。两年前的一天，我和五个朋友在中国广西龙胜龙脊山的山顶一起庆祝我的生日。当我们早上在旅馆里醒来时，山顶上正是一片壮丽的景色。出去观赏完日出后，我们开始往回走，半路上，一家便利店吸引了我们的目光。店里卖些面条、咖啡什么的，还有一个中国邮政的标志。

我用半生不熟的汉语问女店主，在她这里是不是真的能往外寄信，她愉快地回答："对！"真令人难以置信，因为我们此时正在山的最高处。我在店里挑选了一张明信片，让朋友写一张生日贺卡寄给我。据说，这里的信能寄到山脚下的桂林，也可以寄到上海，当然我们得买张邮票。朋友写好了地址和几句祝福的话语，我把这张贺卡递给了店主，然后静待佳音。

三个星期后，有一天我在上海家中打开邮箱时，终于看到了那张贺卡，我高兴地笑了起来。

有时候一个小小的举动却有着不一般的意义，这一张贺卡引起了我对邮局的回忆和它给我带来的小喜悦：一种正在失去的东西又恢复了生机，而且不会像电子邮件那样时常有"发送失败"的提示，还有就是在投出一封信时，那种期待回信的兴奋。

我有好些年没去过邮局了，现在我也只是给朋友们寄一些明信片，写在上面的话语不多，但有着和一封信一样的意义。每当在邮局里买邮票时，一想到一张小小明信片就能给远方的一个人带去快乐，我就会很开心。

有时候，一件东西在失去之前，我们就不知道它的宝贵。也许有一天，我们再也收不到一封手写的邮件、再也买不到明信片和邮票，那时会是多么遗憾。

但我更愿意相信，这一切都不会失去，我自己现在就经常寄出明信片，为了让这一传统艺术保持生机而尽着自己的一份微薄之力。我现在和四位朋友保持着互通贺卡的来往，我经常是拿着一张贺卡对朋友谈着条件："只要你给我寄一张贺卡，我就也给你寄一张！"

我在上海的公寓门口有个邮箱，金属的表皮上印着我的房间号码。这个邮箱和我小时候在新加坡时家里用的那个邮箱样子很像，不过我的手不再小到不用钥匙就能伸进去拿出任何东西了，但是每次收到一封信时，我还会像自己在九岁时那样，忙不迭地打开信封去看里边的信。这种怀旧的情结真是挥之不去，现在我依然期待着打开邮箱时，在一大堆广告和账单里能发现一封写给自己的信，或者是一张小小的明信片。

载于《做人与处世》

有些习惯只属于一段时光，过了，就不是原来的滋味了。

是什么抚平青春的伤口

文/冠豸

爱就是充实了的生命，正如盛满了酒的酒杯。

——泰戈尔

一

还在乡中学时，江英也和我同宿舍。

她盖的被褥是由一块块完全不同的花布拼在一起的，要多土有多土。她头上扎的两个麻花辫，最让我无法忍受，可她全然不知我的反感，经常主动来找我说话。

我是初三时才从省城打工子弟中学转回老家。从小我跟随外出打工的父母在城里读书，那种漂泊的岁月就像无根的浮萍。我在城里读了八年书，去过四个城市，随着父母打工地点的变迁，转了很多次学。

在陌生的班级里，我总是很难得到一点温暖，在我努力融入班集体时，又一次新的转学开始了。一直以来，我就没有一个可以长久相处的、可以说悄悄话的好朋友，从陌生到熟悉，从熟悉到离开，一次次周而复始，我疲惫了。随着年纪的增长，我越发不愿意打开心扉。

刚转学回老家时，我真的不习惯。我虽是漂在省城的打工子弟，但毕竟是在城里，什么新奇的东西没见过？想着自己是一定要考出去的，我不想浪费时间跟任何人建立友谊。

二

跟父母在外漂泊多年,我明白唯有自己努力考上一个好大学,才会有好未来。这是我以后可以名正言顺留在城里,拥有城市户籍的唯一途径。

我一直很明确自己的目标,学习很努力。我没想到不起眼的江英,成绩居然和我不相上下。对她,我有过欣赏,但很快就被她毫无主见的表现击落了。

她是班长,别人不愿意干的事情,她都要自己动手,还时常出力不讨好被人埋怨。她傻笑的样子让我深恶痛绝。

我的孤傲引起众怒,他们说我眼睛长在头上,说我不过在城市边缘寄读了几年书就当自己是城里人……种种非议我根本没放在心上,倒是江英帮我一次次解释,但我不领她的情。

我以为我们的缘分只有一年,与其到时又要因为分开而难过,还不如不要开始。

三

我没想到江英会和我携手考进市一中。

她爱和我一起,我却是刻意与她拉开距离。因为她一次次强调,班上的同学都知道了我们是一块儿从乡下考上来的。她们说话时,总以"那两个乡下女生……"开始,让我对江英恨之入骨。

"乡下来的"就像我的标签,即使我在城里读书多年,即使我穿价格不菲的衣服。在她们眼中,我和江英一样没见识、没品位,可以任她们支配。

我淡然处之,我行我素。别人的快乐和我无关,我的独孤也不需要陪伴。可是江英一次次打扰我的清静,无论我在哪儿,她都能找到,然后挨着我坐。在她兴高采烈地和我说话时,我却在她惊愕的目光中转身离开。

那么明显的拒绝,江英怎么会不懂呢?可她看见我,还是主动搭话,

特别是回到宿舍后,更是积极主动,抢着帮我洗衣服。

同宿舍的女生不解地问:"江英,她都不领情,你干吗对她那么好?"

江英笑着说:"我们是一起从乡镇中学考来的,理应互相照顾。"

躺在床上看书的我,再次听见这句话,火气突然就上来了,我瞪着江英说:"你是你,我是我,别总把我和你扯到一块儿。"

江英抿着嘴,颓然低下头时,我心里莫名地刺痛起来。

四

严丽联合班上的女生为难我,她们藏了我的课堂笔记,把我交上去的作业撕毁。

我质问严丽,她倒也承认,还噘嘴反问我:"那怎么样呢?乡巴佬。"

我二话不说,直接扫了她一记耳光。严丽没想到我敢打她,一时愣住了。

班上的同学也看呆了,只有江英跑过来拦在我们中间。急红眼的严丽,一撒手把江英推了过来,一只手顺势扯住我的头发。我在挣扎中,用力甩开严丽的手时,却一把将江英推了出去,一个趔趄,江英一头撞在桌角上,额头顿时鲜血直流。

我和严丽都呆了,恰在这时,老班进了教室。看见额头流血的江英,他赶紧送她去校医疗室处理伤口。我傻了,看着他们匆忙离开教室的身影半天缓不过神来。

大家众口一词,说我先打严丽一耳光,然后又推了前来劝架的江英。老班为此狠狠地批评了我,虽然江英一直在向老师解释我不是故意的,但我还是被处分了。

我不想为自己解释,只是看见江英额头的伤口时,心里会隐隐难受。

五

江英的友善赢得了大家的喜欢。

看见一脸笑容的她，我匆忙躲开，我不想被她看见我的落寞。为了虚荣的面子，我一直倔强得不肯对她说那三个字。

圣诞夜，她们结伴出去玩，宿舍里只剩下我。望着苍茫的夜空，我站在窗前，泪水不知不觉溢出眼眶。我的生日，却没有一个人为我祝福。

"小萍，祝你生日快乐！"在我顾影自怜时，宿舍门突然被推开了，江英带着几个女生拥进来，她们欢呼着为我祝福，就像我们之间从来没有隔阂。

江英利索地摆放蛋糕、点燃蜡烛，还把我拉到她们中间。

我愣愣地看着她们，半天缓不过神儿来。江英快人快语："小萍，我报名时看见了你的生日，记住了。来，你坐中间，你是寿星。"其他几个女生也笑容可掬地用眼神鼓励我。

霍霍跳跃的橘黄烛光中，我望着眼前一张张生动、微笑的脸，泪水模糊了双眼。

"来，许愿吧！"江英说。

她们为我唱起了生日歌，我惭愧地低下头。

"许愿啦！祝小萍永远快乐！"江英热情地搂着我的肩膀。

感受着从江英身上传递过来的脉脉温暖，我的心突然就踏实和笃定了。这个我一直以来看不起的女孩，她却一次又一次用真诚和善良感动我。

望着江英额头的疤痕，我埋下头，紧紧把她搂在怀里。我再也不要故作清高的孤独了，再也不想错过身边的每一个朋友。

那孤独，是青春的伤口，唯有爱可以抚平。

载于《做人与处世》

这世间所有的伤疤，唯有爱可以化解。在青春里，我们都是孤独且骄傲的，可是我们自己知道，该有多渴望爱和理解。

尘世中，那些直入人心的美

文 / 君燕

> 朝阳初升，用光明与温暖柔和地抚触大地，也仿佛是在唤醒着生命。
>
> ——唐家三少

一

一次跟朋友外出办事，偶然来到影视城外面的出租房里，住在这里的都是怀揣着艺术梦想的年轻人。房间里，一个年轻的女孩正在吃饭。桌子上放着一碗肥腻腻的红烧肉和几个馒头，女孩一口肉一口馒头大口大口地吃着，不一会儿的工夫，桌子上的东西就一扫而光。女孩打着饱嗝儿，却仍起身去锅里舀饭。真是个贪吃的女孩，已经有发胖的迹象了，还不注意节食，现在的女孩子多注重保持身材呀。或许是有导演找她拍戏，要求她增肥？我转念想到，一定是，要不然她也不会不顾自身的承受能力，这么胡吃海喝。

临走时，突然听到房东的声音："媛媛，你还是悠着点吧，别把自己撑坏了。""不行，再有半个月我就要回老家了。在母亲的观念里，胖就是福气，她要是看到我瘦成这个样子，一定会伤心死的。我一定要让母亲临走时看到我胖胖的样子，不然她到那边也不会安心的。"这是女孩哽咽的声音。听了女孩的话，我微微一怔，原来让一个爱美的女孩心甘情愿地放弃美丽的外表，放弃触手可及的美好前程，还可以有这样一个我意想不到的，甚至有点荒唐的理由。但就是这一点点的荒唐，却让我忍不住鼻子一酸，差点儿掉下泪来。

二

小区旁的早市上，常常可以看见一对母子守着一个菜摊卖菜。母亲很勤快，把菜收拾得整整齐齐，对于泛着黄的叶子、打了蔫儿的水果，她都会细心地一一挑拣出来。儿子总是安静地坐在一旁的椅子上，微笑着看母亲忙碌，有时也会帮母亲把地上散乱的蔬菜归置整齐。母亲忙碌的间隙，会习惯性地转头看看儿子，然后母子俩相视一笑，那份浓浓的母子深情总能感染路过的行人。

也许是为了省钱，母子二人通常只买一份简单的盒饭做午餐。盒饭刚刚买来，儿子便一把抢过去，狼吞虎咽地吃着，全然没有了之前的安静和懂事。而那明显不协调的动作和略显呆滞的表情让我不由得怀疑儿子的智商。"她的儿子是个弱智，唉，这女人真可怜。"一旁的大婶低声告诉我。怪不得呢，我摇着头，对那个女人也产生了几分同情，摊上一个只知道抢吃抢喝的傻儿子，心里该多难过啊。可是，我却看到母亲接过儿子吃剩的饭盒时，脸上抑制不住的欣喜和激动。路过他们身边时，我往母亲的饭盒里瞟了一眼，青菜、豆角等素菜不见了，只剩下泛着光泽的炒肉高高地堆在白白的米饭上面，对面的儿子正一脸期待地看着母亲，那眼神分明如朝圣者般虔诚……

三

每天早晚，我都会看到一个中年妇女搀扶着一位老太太在树林旁边

的小路上散步。老太太也许是中过风，走路很不利索，中年妇女便小心翼翼地陪着她慢慢地走。走累了，中年妇女拿出随身携带的棉垫子放在路边的石凳上，扶老太太坐下休息。真是个细心的女儿，我在心里暗想。

有一次，老太太突然发作起来："我不想走了，我要休息。""我又不认识你，你别管我。"老太太语无伦次地嚷嚷，还发疯似的挥着手里的拐杖。中年妇女终于失去了耐性，对着老太太喊："你不认识我，我还不认识你呢。"说完，便蹲在地上大哭起来。然而，哭过之后，她站起身来擦擦眼泪，又扶着老太太继续锻炼。都说久病床前无孝子，中年妇女能做到这些，已经很不容易了，谁还没有烦躁的时候呢。

一次跟邻居聊天，我才知道，原来那位中年妇女只是老太太的儿媳，而她的丈夫早就因为外遇跟别的女人远走高飞了。

原来，子女对父母的拳拳爱心还可以超越血缘而存在；原来，那些我们看不分明的表象背后竟藏着如此深沉的爱。

四

一次参加培训时，和一位盲人朋友住在一个寝室。每天晚上，她总是戴着耳机躺在床上，似乎在听音乐。好几次，我好奇地问她在听什么音乐，竟能让她如此着迷，她总是笑而不言。一次趁她出去，我偷偷戴上她的耳机按下了开始键，却并没有美妙的音乐响起，只有一阵阵咳嗽声敲打着耳膜，快进以后，依然如此。

她回来后，我忍不住问她原因。听了我的问话，她脸上的表情突然黯淡下来，叹了口气说，她的父亲早亡，母亲又多病，由于自己眼睛看不到，对母亲最直观的印象就是她的声音。每天晚上，她都是伴着母亲的咳嗽声入眠，时间久了，听不到母亲的咳嗽声她就会失眠。后来，她便偷偷地录下了母亲的咳嗽声,出门在外的时候便拿出来听上一会儿。"如今,我只能通过倾听这一声声咳嗽来感受母亲的温暖和爱意了。"她幽幽地说着,脸颊上流下了两行清泪。

载于《做人与处世》

有些故事,总是那么心酸,仿佛一触碰就能流下泪来。可是,这些心酸的故事,依旧是温暖的。

只因了你的暖

文 / 清露流晨

　　所有幸福的家庭都十分相似；而每个不幸的家庭各有各自的不幸。

——列夫·托尔斯泰

　　同事丽结婚十一年了，孩子都十岁了，可丽依然每天打扮得光鲜亮丽，穿得花枝招展的，像正值青春年华的小姑娘。这引来很多人赞叹的同时，也招来了一些人的议论。"都老夫老妻的了，还把自己打扮成小姑娘，给谁看呢？""这上班都够忙的了，她哪来的工夫打扮，累不累呀？"我们这工作都得起早贪黑。早晨我都是被闹铃叫醒，然后迫不得已地一骨碌爬起来，简单洗漱一下，就去上班了。哪还有时间打扮自己呀！可她每次一出现，总是光鲜夺目，让人眼前一亮，心情舒畅。那眼睫毛浓密修长，大眼睛微黑闪亮，瓜子脸略施粉黛，樱桃小唇淡红莹润。她的妆恰到好处，美而不媚，耀而不妖，纯而不淡，嫩而不娇，那么自然，那么清新。她穿的衣服也总是每天一换，清新亮丽，新颖时尚。

　　若是一天两天也不足为怪，可结婚这十几来一直都这样就难了。有几个同事也效仿她，可没坚持几天就又恢复原形了。"哎呀，我的妈呀，美也是要付出代价的，为了打扮，我得早起至少半个小时。有那工夫，我还不如睡会儿呢！"同事打着哈欠说道。是啊，我们都很忙很累，有时连脸都懒得洗，衣服都懒得换，哪有时间收拾自己，就是有时间，也没那心情呀。

可她却天天花枝招展，靓丽如初。我们不得不佩服她这种为了美不怕累的精神。在美的背后是要有坚强毅力支撑的。当有人问她："你不累吗？"她总是嫣然一笑："你能让别人感受到美的时候，累也是一种享受呀！"

有一天，我在她QQ空间里无意中看到这样一句话："只因你的暖，我宁愿每天为你花枝招展。"我当时感动得哭了。噢，丽每天打扮原来是这样。我们都知道丽有一个好老公。他对丽的关心呵护体贴达到了极致。怕丽被油烟熏着了，不让丽炒菜；怕丽的手变粗糙了，不让丽洗衣服做家务。女为悦己者容。老公这样地疼自己，丽当然要把最完美的自己展示给他。

婚姻不会因时间而老去，你的关爱和体贴给她带来了深情的暖。这种暖会让爱情保鲜。也正因了你的暖，她会每天花枝招展，不为别人，只为心中那个爱她的你。

载于《经典文摘》

有人说，丈夫是什么脾气，妻子就会是什么模样。人是可以相互影响的，所以，尽力去呵护那个爱你的人，因为你的爱，她会焕发光彩。

爱情曾经那么慢

文 / 许十二

> 身无彩凤双飞翼，心有灵犀一点通。
>
> ——李商隐

爱情曾经那么慢。

20世纪30年代，新婚不久的沈从文回湘西，赶几千里的山路和水路，回去探望病危的母亲。他坐在船上，给张兆和写信：

"我离开北平时还计划每天用半个日子写信，用半个日子写文章，谁知到了这小船上却只为你写信，别的事全不能做。"

"我就这样一面看水，一面想你。"

他给三姐兆和一封封地写，一封封地寄。想象那情景：从晓月渐沉到夕霭蒙蒙，远山覆雪，疏林绵延，山水迢递，路像思念一样长。脖子低得酸了，抬头扶一把，两岸风光已换，深冬的田野，风吹草木低迷暗黄。野旷天低树，江清月近人。这世界这样清旷微凉，只有心里装的那个人，让自己觉得在这世界有了坐标。想象张家三才女读信的情景，她一定读到了信里漫漶的水汽和两岸草木散发的清气，读到了信里的晓月和暮色，读到了船头船尾的水声和水上的风声……他告诉她路上的一切，包括他依恋她的心。

写信，寄信，等信，读信……爱情那么慢，像慢镜头叙说。一辈子只够爱一个人。要对她说的心里话那么多，山长水阔地遥寄，刚刚说了七八成，岁月忽已晚。1969 年初冬，一个快 70 的老头儿，即将下放改造，怀里还揣着皱巴巴的一封信，那是三姐兆和给他的第一封信。生活一片狼藉，只有爱情，既光洁，又郑重于心。

爱情那么慢，一辈子只读一个女子的信！只有一个女子的信才能在困顿中安抚孤独的心，才能让他读得伤心又开心。

我们也有过那样慢的爱情。

曾经，相爱的人，也愿意跟我们慢慢地过，过着时光。愿意把他的时间，像放压岁钱一样，无限信任地放在我们的口袋里。

犹记那一年，还在读书，他来看我。我们刚刚恋爱，也是师生恋。学校在城中，他骑自行车载我去看城北郊外的一座古塔。当时是秋天，阳光像刚出笼的馒馒，又白又软，犹有香气。我坐在后坐上，靠着他的背，不说话。他慢慢骑，似乎不为看古塔，只为了这样近地坐着，只为了两个人这样近地保持着朝向远方的姿势。两个多小时才骑到，古塔破败而冷清，在秋阳下立着。我们爬上去，爬得一身汗，在最高层的窗口坐着，看长空寥廓，看村庄如豆田畴如棋，也不说话。回城已晚，街灯次第亮起，灯光微黄古旧。饥肠辘辘，我们走进一家面馆，相对吃面，两碗肉丝面，极少的肉丝，吃得极慢，都怕对方没吃饱。

现在想想，那时的脚步好慢，一天的时间，只玩了一座破败古塔。其实，是那时我们的爱情是慢的。没有微薄关注，没有手机短信，没有私家车接送，分别两地时，写信读信是唯一的交流方式。相聚时，共用一辆自行车出游，便是最浪漫的事。

我的一位编辑老师，很漂亮、很知性的一个女子，50 多岁了看上去依然那么让人赏心悦目。我很好奇她当年怎么嫁给她先生了，一次闲聊中忍不住就问。她说，她和他当年一个办公室，她前他后，冬天没有空调，好冷，坐的椅子分外冰。一天早晨上班，她看见她的椅子上铺了一方软软

暖暖的坐垫。是他缝的，亲手缝的。一个男人熬夜，用千针万线为她缝坐垫。不知道熬了几个寒冷的冬夜！不仅老师感动，这20多年前的故事如今听来，我也感动得要命。爱情就在这些细枝末节里，就在这些慢悠悠的时光里。爱情不是急吼吼地说三个字"我爱你"，而是知冷知暖，默默为她去做琐碎得不为外人道的小事，一针一线，日日年年。

慢的东西是精致的，如刺绣，如瓷器。慢的事物里有郑重，有笃信，如从前的爱情。

载于《时代青年》

有些东西是慢的，是珍贵的，因为一颗虔诚的心。可是现在的爱情，大多流于形式，来得快，去得也快。那么单纯的爱情，真的很少了。

二十岁奠礼

文 / 杨张光

> 喂，你可曾听说才思也许能在青春年少时获得，智慧也许会在腐朽前成熟？
>
> ——爱默生

泰戈尔这样写过，生如夏花般灿烂，死如秋叶般静美。我想，只有真正参悟过生死的人才能说出这般高境界的话。而不幸的是，我生在那个满是秋叶的季节，因此我命中注定要先参悟静美般的死后，才能感知夏花般的生。

20年里，我最大的痛苦莫过于生离死别。在我的青春里，注定有大半的泪要为永别而流。

我想起了我的祖母，那年我6岁，一天夜里，祖母突然感觉身体不适，头痛难耐。家人让她去医院看看，可她不答应，只说还能忍住，过会儿就好了。

祖母平日里身体还算好，也没有听说患上什么大病，屋前屋后也忙得挺开。家里人也就应了她，没大在意祖母的具体情况，以为就是简单的头痛而已。谁知道，这一痛就是一个晚上。问题大了，清早父亲和爷爷就带上祖母去了医院。那时的祖母已临近休克，呼吸都甚困难。来到医院，确诊出是脑溢血，立即拉到急诊室抢救，可谁知道一切已晚，就因没在意一

场头痛，祖母没抢救过来。

　　祖母命危的那一刻，父亲叫我赶紧去医院看她。我是祖母一手带大的，她最疼我，那时的祖母对我无微不至，因为从小失去母亲，所以我生命中学会说的第一句话就是"奶奶"。我来到医院，看到躺在病床上的祖母，一脸苍白，我突然害怕起来，双脚发抖地站在祖母面前。父亲要我和祖母说话，好让祖母开心些。我却站在那儿一句话也没说，那时我想到奶奶要死去了，心里除了害怕，其他什么也想不起。父亲看我一直愣着，于是很生气地训了我一顿，让我出去。

　　是的，我很没出息，从医院出来，心里依然害怕。回到家，也只是感觉大脑很空白地拿起书包，然后蜷在桌角，赶着明天要交的作业。

　　就这样，祖母当天就去世了，我仓促笨拙的出现就是为了见祖母最后一眼，可我的傻愣带去的却是所有人的失望。祖母的葬礼上，爷爷抱着我，抽泣地对我说："张光，奶奶走了，今后你就再也没有奶奶了。"那时我的害怕更加强烈了，人群中一声声哭泣里，我坐在祖母的灵柩上，思绪沉闷，头脑一片空白。

　　后来才知道，祖母一直失眠，并且是整夜整夜地睡不着，加上白天繁忙的工作，结果导致了脑溢血。

　　现在想起，祖母一生，从出生在那样战乱的年代，为了生存，到处流离，从早到晚提心吊胆，没有一夜平稳安睡过。到了后来"文革"，日子整天在斗争与被斗争中过着，多少个原本很美丽的夜晚都在动荡中夭折。接着好了，政局稳定了，家里却一贫如洗，祖母又只得用余生来白手起家。好不容易抚养了父亲与叔伯那一代人，又要没日没夜地抚养我。而到了可以安定享乐的时候，人却因操劳过甚而去……

　　唉，或许像祖母那个时代的人，命运可能真的悲惨得难以启齿，苦难似乎注定要粘在那个时代的所有人的舌苔上。我细知了那一切以后，内心受到的震撼异常强烈。以后的清明节，我都会去祖母的墓地扫墓，而每当触及到那些惭愧的旧事，我便会不禁泪流满面，那种害怕就像一道很深的坎刻在我的心里，似乎永远过不去。

有时候真的是这样，那些曾经近在自己眼前的人，与自己讲过话、碰过肩的人，好似还在昨天，而今天就一个个地突然走了，想见也不能见了。

我又想起了初二那年，当时的我正在晚自习，突然有老师找我出去谈话，谈话的内容却让我彻底崩溃，他让我收拾东西赶紧回去，说我父亲病危。

那段日子，家里正是水深火热，父亲患上了肝胆管结石，三年内连续做了三次手术，依然没有痊愈。到了第四年，父亲的病再一次复发，但没办法，家里已实在拿不出更多的钱来支付父亲那高额的医疗费了，只得眼看父亲病痛在床。

刚听完老师报来的信，突然乡友也来接我回家，我便卷起书包随她上了车。回到家，很快噩耗传来，父亲走了，留给我的是：连父亲最后一面都没见上。当时我好恨自己，恨自己没出息，恨自己没有看好父亲。看着躺在床上的父亲，我号啕大哭起来，头脑里所有的思绪都在那一刻刺激着我。那天我翻箱倒柜，发了狂似的，烧掉了所有自己的相片，撕掉了自己写的所有关于父亲的日记，还踢翻了茶几，砸碎了柜台上的玻璃……

真的，父亲的离去让我无法平静，多少个夜里，梦中父亲清晰的脸让我沉浸在往事里不能自拔，而那些熟悉的话语，则一阵又一阵地撕扯着我那自责的心。这让我感觉，有时生命就像那柜台上的玻璃，一敲就碎，而那些满地呻吟的碎片则犹如那些破碎了的日子，狼藉而艰辛。

后来我发现，其实生命本就很单薄，可能一个突兀就会让很多人深感痛惜。

而对于我，20年里，用泪洗礼过的那些经历，使得我常常接近原本我认为在那样的年龄里不曾有过的"痛苦"。我不想将自己的脆弱装饰为痛苦

并展览，以博取别人的关注与同情，但很多次的生离死别，让我已不再认清痛苦的真相，或者说再坚强的性子在永别面前依然显得单薄而脆弱。

而现在，我也说不清20岁后的我能否会生如夏花，只是感觉如今的我，对于一些琐事变得淡然了一些，学会了如何去自尊、自强，如何以一颗包容的心生于这个世界。但我心中依然有些莫名的不安，因为那些即使能说不在乎的东西，回忆起来，又怎能轻易地说放下就放下，至少那一个害怕的坎儿还在。

我想到今天，走在路上，遇到了各种各样的陌生的，但年龄和我相仿的面孔，我会想，或许今天也是她的生日，而属于她的20个年头又是怎样的呢？当对面的这个人，满脸微笑，只一心注意着自己手上和手掌一样大的手机，我便会猜测，她肯定是刚收到来自远方家人的祝福短信；倘若那个人正沉默着，一丝不语，还带着些忧伤，我想她可能正和我一样，在自己生日这天闭门思过。

我一路的跟，

我对你用情极深……

我关了音乐，停了笔，结束了今天的闭门思过，顺便祝福自己一句，生日快乐。最后灭了灯深深睡去。

不管经历了昨夜怎样的泣不成声，醒来以后，这个城市依然车水马龙。所以，就把这个20岁当作人生的一个分水岭吧。人总会长大的。

捐赠心灵的安宁

文 / 沈岳明

要散布阳光到别人心里，先得自己心里有阳光。

——罗曼·罗兰

1980 年的冬天，南美的圣保罗特别冷，原本是很暖和的城市，由于连日阴雨，气温突然反常地降到了 -10℃以下。就是在这个寒冷的冬天，40 岁的威廉与 60 岁的艾弗森相遇了。

身患胃癌的艾弗森，来自北美多伦多，他是想利用有生之年来圣保罗旅游的，可是他也没有想到这里的天气会骤然大变，再加上体力不支，所以才会突然晕倒在路边。这一幕，刚好被开车经过的威廉看到。于是，威廉将艾弗森扶进车里，并将他送进了医院。

醒来后，对威廉的救助与精心照顾，艾弗森深表感谢，威廉总是微微一笑，说放心吧，我是自愿帮助你的，不需要感谢。虽然威廉表示不用谢，可艾弗森的病比较严重，需要住院很长时间，他不可能总是麻烦别人吧，但如果失去了威廉的照顾，艾弗森可就无法生活下去了。

为此，艾弗森陷入了深深的苦恼之中，他想给威廉报酬，就算是雇用威廉来照顾自己了，可他身上的钱也所剩无几。后来，艾弗森终于想到了一个办法，那就是将自己远在北美的房子让威廉继承，反正自己一生未娶，又无儿无女，留下那所房子也没用，而如果给了威廉，威廉便能一直

照顾自己，直至自己去世。

当艾弗森婉转地向威廉表达了自己的意愿后，威廉竟然爽快地答应了。艾弗森从威廉的眼神中，看出威廉并不富有，并且很需要房子。同时，艾弗森还隐隐感觉到这笔买卖自己好像亏了。但既然话已出口，也不好更改。何况以艾弗森的身体状况，根本就离不开别人的照顾，而要请一个佣工，那是需要一大笔费用的。所以艾弗森虽然觉得有点划不来，但还得继续这笔交易。

只是有一点，让艾弗森得到了改变，他想既然是交易，那就没必要对威廉心怀谢意了，威廉虽然付出了辛勤的劳动，但他以后会获得房子作为报酬。所以，在以后的日子里，艾弗森便将威廉当成了佣工，哪怕威廉已经做得很好了，有时还是会遭到艾弗森的挑剔。

转眼半年过去了，尽管威廉每天精心地照顾着艾弗森，但艾弗森还是走到了生命尽头。按照艾弗森的遗愿，威廉将艾弗森的骨灰送回了多伦多，威廉还顺便去看了艾弗森答应送给自己的房子。那是一个面积约10平方米的地下室，屋里除了一张破床，再也找不到任何还能用的家具，整个屋里还散发着一股刺鼻的霉味。威廉将房子卖掉后，不说偿还艾弗森欠下的医药费，就连从南美到北美的往返路费都不够。

跟在威廉身边的助手很不理解，说："总裁先生，您为什么要跟一个身患绝症的人做这么一笔亏本的交易？"威廉平静地说："正因为他是一个身患绝症的病人，所以我要跟他做这笔交易，并且我也没觉得亏本。"

助手不服气地说："您还觉得不亏本？不但花钱给他治病，还亲自照顾他，而他纯粹是个骗子，说自己有一所大房子，很值钱，实际上竟然是一处毫无价值的地下室。再说您身价数亿，完全没必要去跟他做这笔小得不能再小的生意。"

威廉说："是的，正如你所说，我不缺钱，也正是因为这样，我不在乎他房子的大小或者是否值钱。"助手不解地问："那您做这一切究竟是为了什么？"

威廉长出了一口气，说："为了让他的心灵得到安宁，捐赠钱财容易，但要捐赠心灵的安宁可不容易啊，这才是一个真正的慈善家所要做的事情，现在好了，我终于做到了。"

载于《辽宁青年》

这世间有比物质更为重要的事，比如精神和灵魂。让一个人心灵得到安宁，是比任何捐赠都要高尚的事情。

豆花情缘

文/向青

但愿每次回忆，对生活都不感到负疚。

——郭小川

叮叮当当，小巷悠长……

不用探头看，就知道准是卖豆花的来了。说也奇了，据母亲讲，过去福建漳州一带，卖豆花的人，挑着豆花担，走街串巷，不用吆喝，只需一只手的手指夹着瓷碗、瓷匙，一摇晃，一碰撞，就能发出清脆的声音招引顾客，每每这时，楼里就飞出几个快乐的小毛孩，攥着钱，拎着碗，领了大人之命，直奔那担子而去。

到我记事时，豆花就设点摆摊了，来了客人，摊主就掀起瓷缸的木盖，拿一把铜勺，将浮在豆花表面的水珠捞起泼掉，舀出白花花、粉嫩嫩的豆花，拌入透亮的粉丝加以熬制的骨汤，滴上酱油，撒上味精，又有那细心的摊主将油葱、菜脯切得细细碎碎，吃时随着豆花粉丝一滑入肚……思念就从这一毛几分钱一碗的美味开始。我记得冬日的下午，盼啊，放学了，快快地来上一碗，热热地吃了下去，"风卷残云"，那个舒服！不过瘾，怎么办？我们几个凑在一起商量，咸了就加汤，淡了就加盐，校门口那个慈眉善目的老婆婆，任着我们添了又添，一毛钱吃出几大碗。

这样的小摊，鲜活在我的记忆，遍布漳州的街巷……多少年了不变，却又悄悄地改变，忽然案头多出各色卤料，香肠、粉肉、卤蛋、猪肺、豆干，味儿更足，摊儿更旺……林荫树下，你会常常见到一个勤快的妇人，一辆简朴的推车，车上锅碗盂盆，热气腾腾，每每客人来不及放好车子就先喊"阿香"或是"阿芬，来一碗"！也难怪，慢一步，人就满了，先到的捧着碗，得胜似的在你面前飘香而过，你只好挤到摊前，心急地看着"阿香""阿芬"们麻利地将一勺勺豆花轻扣在碗里，又飞快地将一把把芫荽末、芹菜丁、虾米碎撒在汤上，你听着"阿香"和人熟络地招呼："要哪样，卤大肠、咸猪肺、脆笋干？"又亲热地唤着，"下一个，到你了"，你的肚子啊，早已唱起了空城计。

就这样，豆花伴我走过好些年，成了我日日不变的早点，每天我都到小区边的豆花摊，吃上一碗清鲜爽滑的咸豆花。真巧，这个摊主也叫"阿香"，却又与其他"阿香"格外不同，那些"阿香"呢，将豆花制好后就装进大瓷缸，外层保温，吃时盛出，这个阿香，却是将豆花舀出后连同粉丝送到小炉上，咕咕冒泡、滚开，才加汤放料，浇上自家特制的辣酱，五色缤纷，吃着喷喷烫嘴，闻着阵阵浓香……可惜，小区后来修了条大道，大道通了，小吃却撤了，听说那儿要改成街心公园。

又是一个秋晨，远远望见大道边，一临街的店面新开张，人头攒动，近了一看，赫然几个大字："阿香豆花店"，豆花摊旧貌换新颜，果真不同凡响，靠墙是清一色的红桌绿椅；店员，一色的蓝裙白衣，整洁光鲜，颇有些麦当劳、肯德基的做派，一坐下，就有人来招呼，一点好，就等着人送来……奇怪，老板不是阿香，柜台上一对年轻夫妇吆喝着，忙碌着，男的眉眼和阿香几分相似，是儿子儿媳吧？正琢磨着，看到阿香怯怯地立在穿梭的店员间，不知干啥好，走向豆浆机，好奇地摸摸，却惹得儿媳慌忙喊："妈，别按！调好了！"想帮着盛碗豆花，刚捞起勺子，就有店员笑眯眯抢下："您坐，有我们呢！"阿香转了几个圈，终于怅怅地走开。

豆花送来了，精致的瓷碗，玲珑的托盘，漂亮的小勺，我有些认不得

了，舀一口，似乎味道淡了点。

自那后，好久没见到阿香，那店倒也热闹、红火。渐渐地，大家喜欢上那里的干净齐整，而我也成了那里的常客，豆花是我永远的早点，虽然我还念念不忘那粗糙的瓷碗、量大的汤勺、长长的茶几、矮矮的板凳……

秋天的傍晚，我走在这日日经过的大道，拐过街角习惯地一瞥，那辆熟悉的推车再也不见，现在那里成了街心公园，夕阳、绿草、长椅、老人、小孩、笑声、阿香都在里边。

载于《焦点》

总有些记忆是永远留在我们心里的，那些记忆代表了一段难忘的可是回不去的时光。

第五辑

做好分内事就能感动世界

在这个刺桐花又要开放的时节，我该做些什么呢？唯有记住老师的叮嘱：珍惜一切，努力多写。多听！听到了吗？刺桐花谢了，刺桐花开了，花开花落的声音，年年是那样的温和、蓬勃、宁静。

Zui Meiwen

江南的冬

文/向青

春未老，风细柳斜斜。试上超然台上看，半壕春水一城花，烟雨暗千家。

——（宋）刘辰翁

立秋过了。冬，真的来了吗？北边真的很冷了吗？南国的天，太阳却还是艳艳地照着，满街的男男女女，短袖花裙依旧飘飘地荡着，舍不得褪下它已美丽了一季、两季的色彩。只是傍晚才见三三两两个老人，或被家人追上塞给一件长衫，或自个儿手搭一件薄薄的夹克，凉风里、绿树下悠闲地踱着，偶尔叹一声：天，真个凉了。

白天，天空却是朗朗的。一早，将窗帘拉开，阳光就急不可耐挤进来，细细碎碎跑了满地。我的鸟儿邻居，它把我书房外那小小的安装空调留下的"洞穴"，当成了它温暖的窝，现在就在我耳边一声长一声短咕咕叽叽，似乎是鸟妈妈唤大家早起，而鸟孩儿们却磨磨蹭蹭不愿意。家人说吵得很，把鸟窝移了吧。我却舍不得，我喜欢和鸟儿一家为邻，月光下，安静入睡；清晨，相继苏醒，各做各的事去。

江南的小城，总是那么温情。老天有时也会冷起脸，呼呼地阴一阵，却又似乎不忍扮演这种硬派角色，等不得导演喊停，自己已悄然变身。要上班的人，一早起身，心里还恋着周末的慵懒，口里嘟嘟哝哝，抬头看到那张金灿灿、暖和和的脸，不由就微微笑了，还有什么可抱怨呢，欢欢喜喜丢下笨重的外衣，轻轻巧巧出了门。

老人孩子也相继出来了，角落还看得见许多杂七杂八的秋花。可不，这晴空就跟晚秋一样的高爽。小区的空地中，老人们或坐或站闲闲地晒着太阳聊着天，任由小孙子们在旁边活泼地奔来跑去。有什么要紧的呢，老天是这样的热情洋溢，即便不上班，恐怕也会被招引得在房间坐不住，直想搁下纸笔，去春光里走一遭吧。

心，在暖阳里晃了一早。中午下班，走在街上，看三三两两学生郎，连薄夹克也不穿，脱下来胡乱塞在书包里，卷起衣袖，把自行车蹬得飞快，在路人笑骂中，呼三吆四，快活而去。冬是春的门票，难道春天提前进场？却见一些乡下女人，已如往年般扎了一束束水仙花在卖，翠绿的叶，黄白的朵，挤挤攒攒。

两束水仙在我的车前摇摆，一股清香袅袅把我圈住。我把春天的气息带回了家里。从此，我既有了墙外那闹闹的鸟儿邻居，又有了案间这静静的水仙伴侣。我情不自禁暗暗得意了，我之于鸟，花之于我，成了相互最亲近的人了。这就是冬给予我的一种特殊恩惠。这一暖冬，倾听倾诉，彼此欢愉。幸甚至哉！

载于《师生》

长长的乌衣巷里，谁家的燕子在堂前呢喃着；江南烟雨湿了芭蕉，湿了青山茶园，湿了万顷嫩黄的菜花，湿了散落在郊外的点点渔火和隐隐钟声，也湿了沉睡了百年的红粉的梦……

这是我梦里的江南，却始终没能抵达。

老先生的课

文 / 安宁

> 教育者应当深刻了解正在成长的人的心灵，只有在自己整个教育生涯中不断地研究学生的心理，加深自己的心理学知识，才能够成为教育工作的真正的能手。
>
> ——苏霍姆林斯基

学院里有一老先生，教授舞台表演。听说他是当地话剧团的团长，退休之后，闲极无事，便成了学院的外聘教师。我不知道他有着一份正职的时候，是否也如此敬业，或者一丝不苟，热爱他的下属，并将他们当成自己的孩子一样深爱。我只知道当我开始工作的时候，他就已经在这个学院里教了多年，有一批喜欢他的孩子。他对这份工作，有一种失而复得的珍爱。

第一次见他，是在学院里一个讲座，他恰好坐在我的旁边。我是新人，对于周围的热闹与熟络，觉得陌生而且孤单。他是一级演员，当是有着很好的洞察能力，看出我与周围人的隔阂，便主动地与我说话。我们谈及各自的故乡、家人、爱好。他的两个女儿，均在日本做着与专业无关的工作，其中一个，大约是医生，有着不菲的薪水。每年的暑假，他都会飞去日本，与女儿相见。他还说到山东话剧界的一些朋友，又热情地问及我的创作，说如果有可能，我们合作一部话剧吧。他已经老了，头发灰白，但精神却矍铄，掸去岁月的尘埃，可以看得到他年轻时，英姿飒爽的身影。声音是台柱子的洪亮与大气，当是无须话筒，在台上表演许久，也不会沙哑。

讲座结束的时候，他转身去给后面听讲的学生，布置下堂课的作业。不知道他说了什么，学生们齐声高呼："好！"他果然有很好的号召力，又大约是个人魅力的光芒很盛，他只是在学生面前一站，自有一种将散沙汇聚在一起的力量。我站在旁边，安静看了一会儿，心里有微微的羡慕与嫉妒，对于这样有着浓郁艺术家气质的老先生。我想起高晓松的《冬季校园》里，所唱的白发的先生和漂亮的女生，这样苍郁与青葱的组合，在校园里，犹如法桐之于玉兰，和谐到你觉得它们天生就应该是生长在一起的。

之后，我时常会在上完课后，于教室门口、走廊里、办公室内或者校园的小道上遇到他。有时他会带着自己同样白发苍苍的夫人，我猜测学生们会称呼她师母。她也是一位笑意盈盈的老人，有不服老的天真与单纯。他们称呼我"王老师"，我常常因此羞涩，觉得这一称呼给我是黯淡了光泽。他们一来，办公室里便格外地热闹，似乎他们两人是一个火炉，可以融化掉冰冷的空气，和同事之间刻意保持的距离。我喜欢听老先生说起课上某个爱叽叽喳喳的男孩，或者总是迟到的女孩。他提及他们的时候，言语里满是爱怜，没有丝毫的责备。曾经有老师，抱怨一个冷门专业的学生们集体闹情绪，大约觉得找不到未来的方向，不知道学了之后，在所需极少的社会上能有什么用武之地。他听后便宽容地笑笑，安慰那上课的老师，说："孩子们有情绪，很正常，等过了这一年，他们慢慢热爱上这门艺术，自会留恋和懂得它对于人生的好，到时怕是你让他们转系，都不再肯了呢。"

据说，这话每个刚刚接手这个专业的新老师都会听到。他很少说别的语重心长的言语，只是这样站在走廊上，与年轻老师闲聊似的，安慰一

阵，然后继续去和学生们说笑。那些学生，全将他像父亲一样地爱着，但热爱中又没有距离，会和他开开玩笑。有时候遇到学生与女朋友约会，那牵着小女友的手并不会松开，好像知道他会慈爱地看一眼，而后带着一点羡慕说："每天看到你们两个在一起，真开心。"

想起见过的一个老师，远远地瞥见一对牵手走路的男孩女孩，不屑道："那两个学生，学习不怎么用功，谈恋爱倒是起劲得很。"这个老师大约从未觉得他们从美好的爱情中学习到的，其实比之于用来谋生的专业，对于一生的影响，更为深远而且长久。而另外一个老师，在看到一个上体育课偷偷从队伍里溜走的女孩，即刻愤愤地追过去留下一句国骂。那一刻，他也忘了，曾经他自己也是一个爱从队伍里逃走，去寻找新天地的孩子，这样的出逃不是耍小心计，也不是偷懒，而是一时兴起，想要旁观一下某个暗恋的男孩，或者那个总是好脾气的体育老师。

我常常想去听一下老先生的课，就像一个刚刚读了大学的学生，隐在角落里，看他在台上，让我心生仰慕的飒爽的英姿。我想那一定很美。

载于《疯狂作文》

一个人心是明朗的，不管年岁多么无情，脸上却也是明朗的。一个人完全可以影响一大批人。

饭，吃不下去就回家

文 / 胡识

> 夕阳西下，断肠人在天涯。
>
> ——马致远

每逢村里有红喜事，东家便会早早地打上几锅卤子面，然后挨家挨户叫邻里乡亲去吃。当然，东家做的不仅有卤子面，还有芝麻果，芝麻果在我的故乡被喊作麻子果。将蒸熟的糯米饭放在石臼里反复敲打，然后捏成一个个小球球，再将它们拌上一层糖和芝麻。吃完东家的一碗热腾腾的卤子面，再来几个芝麻果，这样一顿丰盛的早餐滋养着一代代故乡人。

我不知道故乡的卤子面开始于哪个年代，在最为深刻的记忆里，我那九十岁高龄的曾祖母在年幼时就喜欢它，最终也是吃完一大碗卤子面后于某个大雪纷飞的日子离开尘世间。曾祖母曾说，卤子面的一半是清真，另一半是厚重，它像极了每一个故乡人。

故乡人的早餐桌上没有五谷杂粮、馒头包子，也没有牛奶面包，经常有的也只是稀饭和酱干，偶尔有的当然是我最为喜欢的米粉和卤子面了。

打卤子面需要一些鲜美的作料，用乡亲们的话来讲，"昔日里吃剩下的鱼哦，肉哦，骨头汤哦，留到明早打一大锅卤子面哦，肯定好吃得不得了"。可对于并不富裕的故乡人来说，能餐餐吃上鸡鸭鱼肉似乎是不太现实

的，尤其是故乡人总习惯把剩菜留到第二天下饭，他们不习惯把菜一次性用完。所以说，能在家里看到妈妈打一锅热腾腾的卤子面真是一星半点。于是，故乡的孩子总是睁大着眼睛，竖起耳朵，踮起脚尖翘首期盼，他们巴不得村里每天都会有红喜事。

卤子面在我的记忆中有着一段安详的岁月。我九岁学会了烧菜，十岁学会了打卤子面。我家翻修老屋那年冬天，我给几十个师傅打了一锅秀色可餐的卤子面。他们穿着厚厚的棉衣，蹲在矮矮的屋檐下，一边大口大口地扒拉着碗里的面，一边竖起大拇指，铆劲地冲我笑："这娃，真了不得！"

我上初中那三年，我在学校吃得最多的也是卤子面，一块钱一大碗，偶尔我同学还会往我的碗里扔一两个馒头："阿识，馒头蘸卤子面才是天底下最好吃的饭！"我对她眨眨眼，然后把头埋进了碗里。

她和我同窗九年，我们都因为喜欢一碗卤子面而成了彼此的心灵支柱。每当我遇到困难，她总能恰到好处地打来电话安慰着我说："阿识，城里的饭吃不下去，就想一想我给你打的第一锅卤子面吧！"

那年，我要去城里上大学。临行的前一个晚上，她特意约我去她家，为我打了一锅卤子面。

直到今天，我也无法用语言形容出那锅卤子面。她的父母重男轻女，她没有继续上高中，便留在了故乡，而我却生活在一座我并不喜欢的城市。我的城市没有卤子面，没有她，也没有故乡，只剩自己。

她打来电话告诉我，她要结婚了，而且她出嫁的那天，她家会打好几锅卤子面请村里的所有人来吃。我的眼睛一下子变得湿漉漉。

我为她第九次流泪也是在她生日那天，她趴在野鸡车窗口问我去了城里会不会忘了她，还有故乡的卤子面。我没有说话，只是扭过头，泣不成声。

她站在黄昏里和我的野鸡车渐行渐远，她说："阿识，饭吃不下去就回家。"声音忽远忽近。

载于《当代青年》

每个人心里，总有那么一个人，在某个时间段里与你相依为命，然后失散在人海里互相牵挂。

谢谢你，给我温柔

文 / 阿识学长

入春才七日，离家已二年。人归落雁后，思发在花前。

——薛道衡《人日思归》

小老头儿长得真帅

我在五岁生日的那天许下两个愿望。一个是长大后做个举重运动员，这个梦想在我体重定格在 40 公斤时破灭了。另一个梦想是能有一个人用自行车载我上学。每天背着绿色的单肩书包，独自在泥泞的路上挣扎着走，我就会情不自禁地流下眼泪。

我的第二个梦想在我六岁那年终于实现，用二八型自行车载我上学的小老头儿出现了。我的小老头儿很酷，像《还珠格格》里紫薇的爸爸，宽阔的脑门儿，上唇长着墨黑色的小胡子，他笑起来会让人的心里感到甜酥酥、暖洋洋。

那年，村子里的人纷纷拥进沿海城市打工，我的爸妈也不例外。他们白天在房里收拾衣服，晚上背对着我，一下子就搭上了野鸡车，呼啦啦地跑走了。

我作为长得不帅的小毛孩，像个小猴子一样被迁来迁去，终于被小老头儿接手了。

小老头儿那会儿还不到 60 岁，走起路来气宇轩昂，这得益于他卖了十多年的猪肉。他一进我家的门就自言自语地把爸妈臭骂了一顿："不带崽里（娃），出去坞蛇里切（干什么）？"

我张开着双臂朝小老头儿跑去，他抱起我，把我放在自行车前段的长杠上，两手稳稳地抓着车把。我用脸贴着他的胸口，高兴地朝他喊"爷爷，爷爷"，他就乐呵呵地应着。

小老头儿，我帮你杀猪

我从小就比别人家的小孩子伶俐一些，我懂得察言观色，谁对我好，我会加倍对他好。我知道小老头儿对我好，他是宠爱我的。

跟小老头儿一起生活，我感到非常开心。他常常教我背唐诗宋词，给我讲好笑的故事。他还会带我去别人家收购生猪，他说他负责抓猪头，我就负责拽猪尾巴。可有一次，邻居家的母猪发飙了，它脚那么一踹，就把我踢出了猪栏，我躺在石子路上哇哇大哭起来。

小老头儿被吓坏了，赶忙跑到我跟前，用手不停地抚摸我的小腿，问我痛不痛，我说很痛，而且哭得更厉害。小老头儿气得咬牙切齿，一转身便怒发冲冠地跑进猪栏，他用手一把抓住猪头，将母猪按在地里："阿（我）让你作怪，阿硬会打死不你切（我一定会打死你不可）！"看着小老头儿那一股子狠劲，再听着母猪发出来的一阵阵哀号声，不一会儿我就笑得合不拢嘴。

小老头儿得意扬扬地跑到我身边："娃，阿帮你打了猪。"又顿了顿，说"该死的猪，呸！"小老头儿用力朝猪栏吐了一大口唾沫。

喜欢，就站在你身边

邻居阿离家的葡萄晶莹剔透，我偷偷摘了几颗塞进嘴里，却酸得直流

眼泪。阿离笑话我是个好吃鬼，我用力拽住她的马尾辫，边拽边问："谁是好吃鬼呢？"

直到我得到满意答案才放手回家吃晚饭，却被阿离的妈妈堵在家门口。她指着阿离被我拽得又红又肿的脖子，叉着腰，厉声呵斥："谁家的野孩子？跟你那个坏爸爸一样狠毒！"

我低下头，看着自己的脚趾头，任她戳脑门儿。突然，我听见一声铿锵有力的怒吼："胡离她妈，我老头子还没死！你在骂谁呢？"

我抬头，看到小老头儿挡在我面前："小孩子闹着玩，还能没有个磕磕绊绊的？你的话，说得真难听！"小老头儿气坏了，喘息声很大，我吓得直打哆嗦。

我们回到家，小老头儿从抽屉里掏出一瓶药，往嘴里塞了好几粒。他患有哮喘病，妈妈也有。

有一次，妈妈哭着给我打电话说，爸爸在外地有了小媳妇，她每天和爸爸吵架都会气得晕了过去。村里人都拿这事笑话我没有一个好爸爸。

我急得满头大汗，拉着小老头儿的手喊："爷爷，爷爷……"

他舒缓过来，用粗糙的大手为我擦掉脸上的泪花："都怪爷爷不好，怪爷爷没有替你管好爸爸。"

八岁的我开始明白，就算别人都不喜欢我，你也会站在我身边。

我不要再偷吃你家的葡萄

我慢慢长大，不再偷吃阿离家的葡萄。我和阿离绝交了，当着她的面拽下一大把头发，然后把小老头儿从镇上买回来的葡萄扔在地上，说："给，我不欠你的了！"阿离张大着嘴巴看着我，她很吃惊。

我本来是下定决心不再搭理阿离。但有一天，我坐在院子里，她靠过来，从口袋里掏出一粒粒葡萄。我努力地把眼睛挪开。

阿离家种的瓜果都是圆滚滚的，她家的葡萄好吃得不得了，上次偷摘的时候还是青色的，现在像一颗颗紫色的水晶。我忍不住倒吸了几口口水，她又往我身边靠近："鸡架子，以后我给你摘葡萄吃，好不好？"

我还是别着头，阿离又说："我家的葡萄谁也不准摘，全是你的！"

"扑哧"一声，坐在一旁的小老头儿忍不住笑了。

我迅速抓起一粒葡萄，剥好了递到小老头儿的手里："爷爷，你吃！"

小时候对幸福的要求总那么简单，就是这么几粒葡萄就把我收买了。我跟阿离冰释前嫌了。

她家的葡萄从此贴上了我的专利，这一吃就是八年。每年夏天，我都会站在葡萄架下，看着风吹来的方向。阿离说，葡萄被风吹得左右摇摆时，代表有人在想念我们。我立马叫阿离蹲下，站在她的肩膀上伸手去摘，她紧紧地抓住我的腿："鸡架子，多摘一些，多摘一些大个儿的啊！"

我突然明白，长大就像树上的葡萄从摇摇欲坠到掷地有声。那年我16岁，阿离17岁。

小老头儿，我要离开你了

中考过后，有天我听到屋里传来争吵声，爸爸说："我知道你舍不得崽里（我的乳名），但你也要为他着想，镇里的高中怎么能跟城里比呢？"

刚开始小老头儿还会争辩一两句，最后就只剩下长吁短叹。

完了，小老头儿也不要我了。

我跑出家，悄悄去找阿离，说："我爸要带我去城里，以后再也不能一起上学，再也吃不到你家的葡萄了……"

她摘下一大串葡萄，拉起我的手撒腿就跑。

"我们，去哪儿？"

"去他们找不到的地方。"我抽抽鼻涕，瞬间觉得阿离变得成熟美丽。

其实阿离也不知道去哪儿，我们一直顺着那条泥泞的小路走，觉得走了好远。但最后，我还是被小老头儿逮到了。小老头儿第一次打我，我没

哭，只是恨恨地瞪着他。

第二天，我被爸爸抓到车上，我奋力地反抗着，一直叫："爷爷，爷爷！"声音尖锐刺耳，就像当年爸爸撇下妈妈又一个人跑去深圳，那是一座不会因我们的哭声而停止脚步的城市。小老头儿这次没来救我，连阿离也被她的妈妈关在屋里。

车渐行渐远，小老头儿重重地趴在了地上。

长大，原来是在渐渐忘了小老头儿

到了新学校，我不爱说话，没有朋友。爸爸特别忙碌，我在学校住，我们偶尔见一面，他很在乎我的成绩，我就直接把成绩单丢给他。他再多问几句，我就会觉得烦，立马将自己锁在房里，蒙头抽泣。

一天中午，爸爸喝醉酒，他问我："你是不是只把爷爷当亲人？"

我点点头，他叫我滚。我二话不说，转身就搭了末班车回老家。我远远地躲在没人注意的角落里，看爷爷和买猪肉的人聊天。他是个健谈的小老头儿，他依旧挥舞着大屠刀，有说有笑。我有些难受，原来没有我的日子，他一样过得很好。

我正要离开，爸爸就到了，哭着问小老头儿有没有见到我。小老头儿急了，发动村子里的人帮忙找，连阿离都跑出来了。我蹲在角落里，莫名地觉得开心。

但没过多久，小老头儿突然大口大口地喘气，我立马冲上前，将兜里买回来的药掏给他："爷爷，快，快吃药！"小老头儿看了看我，又摸了摸我的脑袋，泪儿不停地掉下来。

回城那天，小老头儿问我："为什么来了都不回家？"我看着他那张枯瘦的脸，把手掌贴在他脸上，说："爷爷，等我长大了，就接你到城里去。"

那次回城以后，我不再排斥爸爸的爱，也试着对他好。年少总是纯真无邪，我缓慢又积极地成长，渐渐有了新生活、新朋友，过去的日子日渐模糊，忘了阿离，也忘了小老头儿。

对不起，有关系

体重止于40公斤的时候，阿离出现了。她站在我面前，投下一片浓烈的阴影，笑容依旧那么灿烂。我们三年没见了。

她大叫一声："鸡架子！"然后像小时候一样不由分说，拉起我的手就走，她说要送给我一份生日礼物。

"干吗？我不想去。"

她兴致勃勃："鸡架子，你见到他一定会很开心。"

她轻易地拖着我走了半个校园，我挣扎，她不肯松手。我实在气不过，甩了她一巴掌。

阿离愣在那里，看着我。我拉下脸解释，故意说："胡离，我记仇，你妈骂过我，你以后别来找我了。"她怔了好久，仿佛不认识我一般，却没有松手，等了好久才哽咽着说："你爷爷在门口，他想见你一面。"她始终没有松手，直到最后，把我的手交到小老头儿手里。别过头，说："我以后不会再缠着你了！"

我也别过头，泪水模糊了视线，不知道是为我和小老头儿能久别重逢，还是为和阿离彻底决裂。

后来，我再也没有见过阿离。原来一个人要是不想见你，会消失得悄然无声，恍如隔世。

崽里的葡萄飞走了

高考之后我去了南方上大学，日子简简单单。大二期末，我接到爸爸的电话，火急火燎地赶回老家。小老头儿走了，支气管肺泡癌晚期，我没见到他最后一面。

爸爸喊了一声小老头儿"爹"便晕了过去，我静静地看着睡在瓦片上

的老头,他换了新装,他要去旅游了。我记得好多年前小老头儿总会喊我一起帮他晒寿衣,小老头儿说:"多晒晒寿衣,人的命会更长。"

我跪下来,把手掌贴在他冰冷的脸颊上。做这个动作是在我18岁时,我对他说:"爷爷,等我长大了,就接你到城里去。"他当时笑得那么开心,胡子在嘴上激烈地跳舞。

如今,我长大了,却忙于填充自己的生活,让那份他日夜守着的承诺变成了一张无法弥补的空头支票。

葬礼上,我遇见阿离。想起那时因为身边站着我的女朋友,觉得尴尬才给她一记耳光,让她撕心裂肺,她却始终没有放开我的手,我郑重地向她道歉。她却说:"崽里,你别难过,生命总有尽头。"

我不难过,我只是伤心,恨自己的冷漠。

离别时,阿离和她的丈夫送我。她笑了笑:"崽里,今天又是你的生日,生日快乐!"

我打开阿离送给我的十字绣:小老头儿在葡萄树旁卖猪肉,我在葡萄树下举重。

22岁的我终于明白,生日礼物是你送给我的温柔。

载于《高中生教职与就业》

我很喜欢这样的故事,道尽人生中最美的温暖。那些人曾陪我成长,可是我们还来不及做出爱的回应,他就消失了。

会长不忧伤

文 / 后天男孩

> 风吹起如花般破碎的流年,而你的笑容摇摇晃晃,成为我命途中最美的点缀,看天,看雪,看季节深深的暗影。
>
> ——郭敬明

曾经想不起来的事,现在想起来,都像记忆的主角,它会告诉你一个关于会长的故事。曾经差点儿遗失在风中的少年,现在看起来就像青春的风铃,摇晃着身子,会对你唱一首青春的赞歌。当你路过时,不妨停下来听听。

一不小心入了会

开学没过多久,便迎来社团招新活动。我还在读高中时就想过,如果某天我也上大学了,我一定要加入学生会或社团之类的学生组织。在那里,我的能力将被得到锻炼,我的才华将会得到展现,我将有一群志同道合的朋友。我或许还能艳遇一次,和某女谈一场倾城热恋。

9月的南方,太阳像一只巨大的火炉悬挂在半空中。校园里的学生就如同沙漠里行走的骆驼,就算炎热也依然表现得风风光光。

乍一看,操场上摆满了桌子,有一大群少男少女身上挂着荣誉奖章,

手上拿着宣传单，他们手舞足蹈、夸夸其谈。

大学也真像极了我老家的菜市场，只是这里的生意人和消费者通用普通话，在别扭的同时又显得特别文艺。

"同学，有兴趣加入器乐协会吗？"一张大红大紫的宣传单塞在了我的怀里，我瞄了瞄，不屑一顾。

"同学，看你这么可爱、文艺，不如加入我们书画协会吧！"那一刻，我才恍然大悟，原来这世上的瘦子并不可爱，反倒是胖子长得有几分喜感。我讨厌这撒谎的胖子学长，摇了摇头。

"嗨，帅哥！赶快加入我们摄影协会哦，美女如云，想拍就拍。"骨感学姐一边抛着媚眼，一边扒拉着餐盒里的米粉。

"不好意思，我对美女不感兴趣。"我低着头，暗自发笑地说。

"哇塞，兄弟，你也对美女不感兴趣啊，那你对猛男一定会有冲动了。即刻起，加入武术协会将有大礼赠送！"说完，猛男掏出一本《易筋经》，"瞧，够意思吧！"

正当我想偷偷溜走的时候，突然，四位面露微笑的姑娘一起喊着："学弟，加入我们语言艺术协会哟，我们协会……"

我还以为自己误入了女子协会，刚开始的惊慌失措一下子就烟消云散。

"对了，学姐，我喜欢写作，你们协会招这样的吗？"我说。

"招，当然招啊！"美女学姐扯着另一位学姐的衣角兴奋地说。那笑容分明就是茫茫人海里的一朵浪花，开得惊魂。

"对了，学弟，赶快把这张表给填好吧！"

"欢迎加入我们协会哦。"

填完表后，我感觉特别幸福，那个中午，我足足吃了两个人的饭。

我的入会风波

我以为加入了协会自己就会变得光彩夺目，于是我拼命地在室友面前炫耀。直到有天 Z 室友忍无可忍地说，交钱的组织是人都可以进，有本事你进学生会。

刚入大学的我初生牛犊，我实在气不过，便在学生会文艺部报了名。面试那天，我说了一段相声。我一直以为自己有演艺天分，可哪里知道在初试时我就惨遭淘汰。

从那以后，我再也不觉得自己有任何一点才能，我甚至把十几年来所有的委屈全部发泄在协会里，我不再参加例会，不再上任何一堂有关语言和文字的培训课。每当美女会长向我问及缘由时，我总有一个借口。

可似乎所有的故作矜持一旦碰到对手时就会显得苍白无力。X 天，美女会长打来电话，说是学校要办文艺晚会，得我们协会出男生搬桌子，如果不去就会被记大过。对于 W 大的死命令，即使我有那颗贼心也没有那个贼胆，我还是硬着头皮去了。

但让我没想到的是，在 W 大干苦力活还会有意外收获。X 天，当我被老师表扬，奖励一条浴巾后，我才意识到自己曾犯了一个严重的错误，我不该贬低自己，即使我没有才能，但只要我有责任心，我的存在还是有价值的。从那以后，我在协会里干什么都劲头十足。只是后来让我感到一丝难过的是，学期末，美女会长去了军队发展。

我要当会长

副会长 YY 学姐升官发财的那天，我正在老家奔丧。回到学校后，我的心情变得相当糟糕，我动不动就大发脾气，好几次怒撞 YY 学姐。幸好 YY 学姐也是一个比较善良的女孩子，对于我的鲁莽，她只会莞尔一笑，然后用短信的方式给我讲一大堆道理，说一大筐好话。在 YY 学姐看来，我是一个不折不扣的好学生，她从不轻易放弃任何一个值得被提拔的家伙。

再后来，每次社团开干部例会，YY 学姐便会带上我，她要我认真听讲，做好笔记，她说下一届会长人选非我莫属。我用力地笑了笑，因为我

知道要当好一名学生干部肯定要有精明的头脑，广阔的胸襟，还要有能说会道的本事。而我，一个来自农村的野娃，连基本的普通话都讲不好，哪谈得上当好它。但是我并没有拒绝，自打我学会和人交往的那刻起，我就丧失了拒绝任何人的勇气。

我是下任会长了，我的大学生活应该三天两头都是会议、桌子，还有酱油瓶。我还得有奉献精神，为了不占优秀会员的名额，我甚至要眼睁睁看着一张张奖状与自己失之交臂。

还好搬桌子、打酱油、凑人气的日子总算熬到尽头。大二上学期，当我以会长的姿态站在W大的舞台上时，才明白流下的汗水原来不仅有咸的味道，也更有甜的回味。

原来会长也有烦恼

又是一年招新时，W大换了领导，社团和学生会同时招新。为了能让社联招更多的会员，本来社团是排在学生会前面招新的。可那年学生会招新同时进行，社团招新工作面临着前所未有的压力。W大领导和社团主席又下了死命令，要求每个像样的协会都必须招满名额，否则好自为之。

为了突出语言艺术协会的特色，吸引新生的注意力。招新的前一个晚上，我翻遍历届活动资料、大量普及课外知识、学会说话、学会彬彬有礼，我甚至装模作样地写了一首小诗以作为宣传语。可临阵磨枪是出不了成绩的。招新的第一天，来语言艺术协会报名的只有七名学生，而且其中一部分学生只是抱着试试的态度，肯定下来的只有两个人，他们是我的老乡。

当然，惨败的不仅有我的协会，还有好一些兄弟协会和部门。在面对如此巨大的竞争压力时，领导们终于做了战略调整，允许协会的干部晚上去寝室搞宣传、招人。

W大足足有好几幢宿舍楼，况且以女生宿舍居多。本来我这个人和不太熟悉的女生说话时会面红耳赤的，可那些晚上，不知道自己吃了什么兴奋剂，每走进一间女生寝室，我就会啰里啰嗦地说一系列心灵鸡汤，我的最高纪录是连续吹了一个多小时的牛皮。那时，一些女孩子真是听得瞠目结舌，她们还以为我是个绝顶高手。其实，我什么也不是，我很清楚当一个人顶着压力做事时，潜能往往会被激发出来。

因为我的唠叨，招新进程受到严重影响。我们没有把 W 大的新生寝室走完，没有做足宣传，打算加入语言艺术协会的新生依旧没有多少。招新结束的前一个晚上，我打算向 YY 学姐请辞，让她另寻他人。可 YY 学姐就是软硬不吃，她非要我干下去。

她说，想当会长就当好它吧！虽然你会感觉很累，你也会因为累而觉得烦恼，很想发发脾气。但是你在学生时代都把脾气发泄完了，将来走向社会，感觉不尽如人意时，你就不会那么轻易想发脾气，看得更开了。

正是因为 YY 学姐的这句话，后来语言艺术协会成了 W 大最具有影响力的组织，我也就此成了老师身边的红人。

在我担任会长的那些年，我总能见到那样一朵火红的木棉花，它开在墙角，含蓄、卑微，却绽放得异常热烈、奔放。

载于《高中生》

我们都曾那么拼命地去熬过一段艰难的岁月，后来发现那只是为了成长。

刺桐花谢了，刺桐花开了

文/青山绿水

> 落红不是无情物，化作春泥更护花。
>
> ——龚自珍

刺桐花谢了，刺桐花开了。

我的老师却永远地走了。

那天，目送着灵车在眼前缓缓驶过，仿佛又听到老师亲切温和的声音。

"你要多写……"病榻上的老师用微弱的声音含糊而又反复地说着。说这些话的时候，他已经几乎不能吃下任何东西了，只能靠输液支持。看着老师熟悉而又陌生的面容，心里一阵疼痛，仅仅两个月，老师就消瘦成了这副模样。

两个月前，和几个同学去探望高中班主任陈自强老师，老师刚动过两次大手术，化疗后头发稀稀疏疏，视力也受了影响，右眼基本不能视物，却还是一样温和、微笑。他从书房拿出几本刚出版的新书《〈泉漳集〉续篇》送给我们，他说和之前那本《泉漳集》一样，专门收集20世界80年代以来陆续发表在报刊上的闽南历史文化论文。老师是泉州市鲤城区人，后到漳州一中任教，直至退休也未改挚爱故地的情怀，为此写下《吾之小学》系列，深切追忆几十年前就读的泉州聚宝街求德小学。记得高中时有一年暑假，老师把我们全班都带去泉州，借了一所中学里的两间大教室，把课桌拼成一张大床，全班一字排开睡通铺。那几天老师带我们参观开元寺，看东西两塔，登清源大山……历数泉州的点点滴滴，让我们这群小青年第一次见识到泉州这个开满着刺桐花的古城的博大和美丽。

老师如此热爱闽南几地，延至海洋的文化，之后又相继写下《明清时期闽南海洋文化概论》等书。曾有专家盛赞，近年来关于闽南海洋文化的研究罕见，而先生的这本专著，"就填补了这一空白"。老师却始终是温和谦逊的，那天去老师家里探望他，尽管术后喉咙有些沙哑，临走时老师仍像每次见我一样，反复叮嘱："你要多写……"

该对老师说什么呢？又忆起这样的一幕场景：高二那年运动会我因胆怯执意不参加，老师把我叫到教室外，我低着头准备挨训，他却慢慢地开了口：没关系，不跑，你就为班级写宣传稿吧。抬起头，老师眼镜后透出温和的笑意。我无法言语。多少年了，总是记住那个走廊，那个我面对老师的微笑却不能说一句话的情景，它让我看到了自己的懦弱。又是多年后，在班级同学的聚会中知道陈老师身患重病，却始终笑对病魔。十年间，用四本著作近百万字堆垒出了一个闽南学者生命的厚度。树身高大挺拔，花朵绚烂艳丽，在亚热带的土地上生生不息，刺桐花要传达的不也是这样的坚贞不屈吗？我想，该对老师说点什么了。那年，我也早当了教师，学校也开运动会，我终于又换上运动服，穿上跑鞋，意气风发地站在了教师接力赛的队列……

刺桐花谢了，刺桐花开了，总是这样完成了它的使命，毫无遗憾地回归自然，继续它的生命历程。一切是那么自然而然地从无到有，从有到无，从凋谢到新生。消逝并不是终结，而是超越，走向下一程。

在这个刺桐花又要开放的时节，我该做些什么呢？唯有记住老师的叮

嘱：珍惜一切，努力多写。多听！听到了吗？刺桐花谢了，刺桐花开了，花开花落的声音，年年是那样的温和、蓬勃、宁静。

载于《师生》

师恩难忘，那些温暖的音容笑貌总有一天会离开我们的视线，像那些壮烈的花儿，开了一季之后终于落下帷幕。愿他们安好。

亲情飘扬的"希望营地"

文/清翔

人们听到的最美的声音来自母亲,来自家乡,来自天堂。

——威·布朗

在处理一些突发事件时,现代机械设备也许有着它的巨大威力,可要获取最圆满的结果还得靠亲情。

2010年8月5日,智利北部圣何塞铜矿发生了极为恐怖的一幕,矿工们正在吃午饭。"整座山顷刻间向我们压来,幸运的是我们临时改变了吃饭的地点,才没被乱石压成肉酱。"33人拥挤在一个不足50平方米的紧急避难所里,其中一位40多岁叫作巴斯托斯的人说。

避难所中储存着一定食物,尽管他们每人每天就吃那么一丁点儿,可是14天后食物还是丝毫不剩了。又过了3天,即8月22日,正当人们饿得有气无力、已感到活着回家的希望渺茫时,忽然发现一根钻杆竖立在了他们面前,这是地面救援队打入的一个直径约22厘米的通道。

有了这个通道,不仅让上下之间互通信息,还给33人带去了清新空气、洁净的饮用水、高能量的葡萄糖凝胶、营养丰富的奶昔,以及面包、苹果、热菜热饭,甚至吊下去了一台电视播放器。

吃喝不愁了,然而在700米的地下,让他们平安回到地面可不是一件

轻而易举的事。尽管智利政府采取了三种方案，从地面往地下钻出一些大的通道等，且这三种方案同时在实施，但即使不出意外，最快的一种办法也得两个多月，慢的则需四个多月。

就算是最快的两个多月，能坚持到与亲人团聚也是极其困难的。那可是一个没有白天黑夜的世界，温度达30℃，甚或更高。而且33人一起生活在一个密闭的空间里，最让人担心的就是可能发生传染病。

这些对于33名矿工来说，无疑是最大挑战和巨大压力。鉴于此，英国伦敦大学心理创伤专家提出让被困矿工所爱的人来到现场，以给他们安慰、鼓励。于是，他们的亲人在避难所的上面一片荒芜的沙漠中搭起了一顶顶帐篷，被人们称为"希望营地"。

"亲爱的，你写给我的信让我大哭起来。它将陪伴着我，上帝将给予我力量战胜焦虑。"这是巴斯托斯在地下写给帐篷中的妻子卡罗拉回信中的话。妻子的信和他的回信就是通过钻杆通道"寄"达的。从那时起，这个通道又成了避难所与"希望营地"的信使。

"希望营地"迎风飘扬着33面国旗，其中32面为智利国旗，1面是玻利维亚国旗。因为被困矿工中有一位是叫作马马尼的玻利维亚移民，出事时马马尼来矿山上班还不到一周，他在视频中说："我要向我在玻利维亚的妻子和岳父岳母问好。他们一定在收看这档电视节目，正在看着我呢！"殊不知，他的爱妻伊比娜就在帐篷里，当妻子告诉他她已在帐篷时，马马尼活下去的劲头又足了许多。

被困的还有一个特殊人物，那就是53岁的智利前"国脚"洛佩斯。退役后，他在这里当了矿工，负责开矿车。出事后，除了他的妻子住进帐篷外，洛佩斯球场上的搭档、不是亲人胜似亲人的足球名将伊万·萨莫拉诺还给他送来了祝福和鼓励，嘱咐他一定坚持下去，并说自己正等着与洛佩斯一起聚餐呢！

飘扬着的亲情之旗是胜利的旗帜。"看到矿工出井的一刹那，就好像十月怀胎之后见到了出生的婴儿。经历的所有痛苦，瞬间被狂喜取代。"10月13日，卡罗拉看到被困在井下69天的丈夫巴斯托斯以及一些矿工被救出时，心情激动地说。很快，地下所有矿工在"希望营地"与亲人幸福地拥抱在了一起。

亲情是情绪的缓释剂，没有比亲情更能让人释放坠落在人们身上的巨大压力了。亲情是一条最为宽广的通道，它总能让人们从黑暗危险之中，走向光明平夷之地。世界的本质就是一个亲情世界，因为它由充满爱怜的亲情元素所组成。

时间已抚平了何塞铜矿的累累伤痕，但"希望营地"的亲情旗帜会永远飘扬在人们心间……

载于《博爱》

这世间所有的苦难，都可以用爱来化解。当坚持不下去的时候，亲人的一句呼喊，便可以让自己重新燃起生命的火焰，重新燃起希望。

用工薪为身边人预备退休金

文 / 大可

> 丈夫贵兼济，岂独善一身。
>
> ——白居易

虽说在生活上不善经营，但他却会"经营"别人的人生。

在20世纪60年代的一天，梁思成偶然遇到了他，他手中竟然拿着一张5000多元的活期存折在购物。在20世纪80年代，万元户是非常了不得的。后来梁思成找到他，说这样不好，万一遗失就太不值得了。他却说，这样方便。梁思成说，有一个很方便的法子，可以试试。

梁思成说的法子，就是存一个5000元的定期，剩下的存活期。定期别人拾到了也取不出钱，而且利息比活期要多。可他一听连连摆手："使不得，本无奉献，那样岂不占了国家的便宜？"梁思成苦笑着，只得给他讲解银行的存款规则，他这才理解并同意了。

可到了改存的一天，他又改变主意了。原来他要给厨师预备1000元的退休金。他担心自己有一天突然去世，这钱就取不出来了。梁思成一听，对他的人品更是敬佩不已，沉吟一番，说："这个好办，把1000元另存一个活期就可以了。"他这才恍然大悟。他就是著名的哲学家、逻辑学家金岳霖。

但到了夏天，金岳霖又遇到了麻烦。一天，几位朋友到他家串门，刚才还是愁容满面的他才有了些喜色："你们来得正好，这个忙你们一定得帮。"朋友们不知道是什么事，只怕他愁坏了身子，连忙应承下来："老金的事就是我们的事，请你放心。"

一会儿，厨师为每个人端来一杯热气腾腾的牛奶。朋友们喝完了，却仍不见金岳霖要他们帮什么忙，可他却说："感谢各位今天帮了大忙。"朋友们面面相觑。

原来，金岳霖冬天爱喝牛奶，却不知道牛奶是可以破季、破月订的，于是订了一年。到了夏天他却爱饮茶，牛奶每天也就剩了许多，夏天牛奶容易变质，喝牛奶本来容易上火，这更是让他每天急得几欲上火。朋友得知是这样一件事，也就替他召来供应商，将一段时间每天的订量减少到五分之一，这让他大喜不已。

他虽然非常天真，胸无城府，可有时却也十分计较，那就是不让别人吃亏。如前文所说，梁思成说定期利息高，他首先想到的却是不能占国家的便宜。因而虽说他终身未婚，拿的是一级教授的工资，却并没有多少盈余。

生活费是必不可少的，但他要按高标准缴纳党费，寄回老家一些资助亲戚。还有就是给身边的人预备一份退休金，除了厨师外，连拉车师傅的退休金他也预备下了，使得他们领着金岳霖的钱一直到去世为止。

先贤说："鞠躬尽瘁，死而后已"，可老金死也不已。对一些过日子的常识不知晓，却考虑着自己突然死后身边人的生活应该有着落。这样的人也就永远活在人们心中。

载于《当代青年》

有些人从来不考虑自己，心里始终装着别人，这些人是无私而且伟大的。这些人必将被人们永远记住。

做好分内事就能感动世界

文 / 梅若雪

> 做好每一件该做的事就是责任。
>
> ——王爱珍

1998年，韩三平、张艺谋带了一个三十多人的中国电影代表团访问美国。

在进行电影艺术交流时，听说王洛勇正在百老汇主演音乐剧《西贡小姐》。这可是一个不容错过的机会，他们很想欣赏王洛勇的演出。

然而，接待单位难以办到：不说百老汇的戏，票价高达120美元，30多个人，对方还真请不起，且王洛勇的戏，票是限购的。"那么直接找王洛勇吧！"有人提议说。

王洛勇待人一向热情豪爽，况且是国内来人了，他立刻满口应承下来，并表示这是应该尽的地主之谊。王洛勇立即去办，去了百老汇剧院票房，预订当天晚上的票。没想到，票房的人也面有难色，说："30多张，太多了。按我的权限一个人最多只能买到10张。不过，实在需要的话，请打电话到伦敦，向老板喀麦隆请示。

接到王洛勇的电话后，喀麦隆欣然应允。拿到票后，票房的人说："洛勇，这个钱你可是要自己付的，所以得从你工资里边扣。"王洛勇笑了笑："这个当然，我可没想蹭票。"

一个星期过去了，他领到工资，回家一数，一分钱没少。他想可能是剧团忘记扣了。第二个星期，还是没少一分，这可让他不安起来：别是票房把这事给疏忽了！

他连忙去问。对方告诉他："没错的，那钱是喀麦隆先生给你全付了。"他一下子愣在那里，有一种说不出的感动。

王洛勇当即把电话打给了喀麦隆先生，问他这么做的原因，喀麦隆说："因为这个戏你演了三年，没有请过一天病假，我感谢你！你担任这一角色以后，所有的亚洲观众来看这个戏的，没有一个退票的，让我感动，我这是感谢你啊！"这次，他感动得流泪了。

其实，人们都被王洛勇感动了，他在百老汇演《西贡小姐》，演了5年半的时间，成功演出了2478场，票房收入达3.7亿美元。因此，他被美国媒体称为百老汇的"百年奇迹"。

专心致志做好分内的事，你能感动老板，从而感动自己，最终也许能成为奇迹，去感动整个世界。

载于《当代青年》

> 做好自己分内的事，就是为集体做了最大的贡献，自然也会赢得别人的尊敬。好多人好高骛远，结果到头来什么都没干好。

孩子，你们是好样的

文 / 萨蒂

> 要培养好孩子，首先要表扬，肯定孩子的优点。
>
> ——谷田雅春

这是一个阳光明媚的下午，操场上正在举行春季拔河比赛。我们班的参赛选手并不占优势，别看有几个孩子，高高大大、胖乎乎的，可是平时缺乏锻炼，都使不上劲。在参赛报名时，学生们不怎么积极，经过我和班干部的动员工作，才有了现在的参赛队伍。

比赛之前，我给参赛队员们鼓劲加油，告诉他们要增加团结力和凝聚力，并教给他们一些简单的方法和技巧。在裁判员清脆的号响下，男学生们先上了阵。尽管对手都各个身强体壮，可我们班的男孩子也都意气风发，斗志昂扬。他们鼓足了劲头，用尽了全身的力气，往自己的方向拉大绳。啦啦队们摇手呐喊，加油助威。我也喊着口号，弯腰曲背地做着拉大绳的动作，为学生们鼓劲加油。

"一、二、三，加油；一、二、三，加油……"在李涛同学有节奏的喊号下，我们班选手边喊边拉，声音铿锵有力，响彻操场上空。再看孩子们拉的驾式，真让人热泪盈眶。他们铆足了劲，憋红了脸，弯腰、下蹲、蹬脚、后仰，他们使出了全身的气力，声嘶力竭地大喊着口号，把正跑向对面的大绳拉向自己的方向。

李涛，一个初一下学期从外校转来的插班生，上课不学习，渴酒、打架、闹事，样样都榜上有名，而且脾性很大，对老师的辛苦教导充耳不闻。他甚至搅得任课老师都没法儿上课。他的家长也很无奈，对他放弃，不理不管。可是我倒觉得这孩子是块料，要是培养好了，还真能成才。他有能力，他能把别的同学管住，尽管别人都不说话了，只有他说；他嘴很甜，他面上说得很好，尽管说是一套，做是一套。为了让他有所转变，我想了很多办法。我一次又一次地跟他谈心，一次又一次地跟他推心置腹地交流，一次又一次地跟他做思想工作。记不清他多少次写检查、打保证，也记不清他多少次说了不算，算了不做。我耐心地对他说："有志人立长志，无志人长立志。我把你当成弟弟，你是我的家人，我相信你是好样的！从头做起，一切还为时不晚，把心思放在学习上，少点闲事儿。我们做一个有志人，一步一步来，好吗？"

　　如今，他跟原来相比有了很大的转变和进步，最起码不怎么闹事了，也变得温顺了许多，尽管还是有一些违纪的事情发生。但是看着现在正用力拉绳的他，我真的很感动。再看其他队员，也都使出了全身的力气，拼命地拉着大绳。其中有些孩子，平时真不让人省心，像张彬上课爱说话，刘兵上课搞小动作，王杰爱捣乱，刘刚闲事一箩筐……可此刻的他们是那么的团结一致，那么的齐心协力，那么的憨厚可爱。

　　"嘟……"一声哨响，我们班赢了。孩子们欢天喜地地欢呼雀跃起来。看着孩子们满脸通红，喘着粗气，我赶紧掏出20元钱，让孩子们买水喝。可是不知谁说了一句："老师，我们不能用您的钱。"然后，只听李涛大声说："刘兵，我包里有钱，拿去买水吧。"两个孩子一溜烟儿似的跑了。后来，我硬把钱塞给学生们，让他们买水喝。

　　比赛形式是三局二胜制。在一次又一次的加油声中，在一次又一次的奋力比拼中，在一次又一次的欢呼声中，我们班的男生获得了第一名的好成绩。

比赛获胜的孩子们，围着我要合影留念。我站在中间，孩子们呈半圆形。我打了一个"V"的手势，幸福地笑了。尽管这些孩子平时让我伤透了脑筋，尽管我嗓子都喊哑了，但是我很高兴。因为我看到了孩子们的另一面：憨厚、淳朴、可爱！这一刻，我满含热泪，这一刻，我感动万分！我要大声地对他们说一句："孩子们，你们是好样的！"

载于《学生·家长·社会》

　　每个孩子都是好孩子，可是在尚不明白事理的时候，是没有力量的，需要我们引导和鼓励，这样，才能爆发出力量来。

第六辑

送个假期给爸爸

　　爱不单行。生活中，这种爱无论是在家里、邻里，还是在社会，永远是一条双行道。付出一点爱，就会得到更多的爱、更多的关心和帮助。生活中，往往不是缺少爱，而是缺少付出。

哭泣的雪花

文 / 肃琰

你没有如期归来，而这正是离别的意义。

——北岛《白日梦》

"奶奶，雪花什么时候就不哭啦？"

五岁的小孙子望着窗外纷纷扬扬的雪花，充满期待地问奶奶。

"雪花马上就不哭喽！因为雪花知道宝儿的爹娘快要回来喽！"

"是真的吗？奶奶说下了大雪，我爹娘就会回来了。可现在我爹娘为什么还不回来？"

孩子水汪汪的大眼睛清澈、透亮，眼球里好似有闪亮亮的水珠在滚动。看着一脸纯真、幼稚，充满渴求的小孙子，老人走上前去蹲下来，把他搂在怀里，早已纵横的泪水悄无声息地落在孩子柔软发黄的头发上。

孩子的爹娘一年前去外地打工了。还记得他们当时走时，就经受了一番与孩子别离的折磨。刚开始，爹娘决定跟孩子讲明道理，当面告别离去。娘告诉孩子，她和爹要去外面挣钱，要走一段时间，让他跟奶奶待在家里，要听话，要乖，爹娘回来会给他买好多好吃的和好玩的东西。可话还没说完，孩子的头摇得就跟拨浪鼓似的，大声哭喊着我不要吃的，我不要玩的，我只要爹娘。孩子的号啕大哭让爹娘没能走成。

第二次，爹娘硬硬心，直接走吧。又跟孩子一番好话相哄，背起行礼包就走。可孩子却追着跑到村外，一边追，一边哭喊着："回来，我不要爹娘走。"孩子撕心裂肺地哭喊，让爹娘含泪而归。

前两招都不行，只好偷着走吧。这也是爹娘不愿选择的方式。他们不想在孩子幼小的心灵上留下阴影，但这真是无奈之举。当孩子回到家后，看不到爹娘，便是哇哇大哭，哭喊着找爹娘，任凭怎么哄都无济于事。整整哭了一大晌，嘴里念念叨叨，迷迷糊糊地睡着了。醒来后，接着大哭。就这样，折腾了四五天，孩子的眼睛干涩了。孩子不哭了，也不闹了。奶奶那颗七上八下悬着的心终于缓缓放下了，这孩子总算过去这坎了。

一天，奶奶见小孙子在一张纸上画东西，便问："你画的是什么呀？""雪花。"奶奶这才看清了满满的一张纸上全是孙子所谓的雪花形状的东西。"你画这么多雪花干什么呀？""奶奶，我想起娘以前跟我讲过雪花是很神奇的。雪花可以帮助我们。我想告诉雪花，让我爹娘快点回来吧。"老人的心像被刀子戳了一下。原本以为孩子早已忘了的事，却没想到深深地刻在他幼小的心灵里了。他在用自己的方式期待着爹娘的归来。"那你要画很多天，雪花才能帮你呀。""只要爹娘能回来，我画多少都可以。"孩子每天都画雪花，边画边嘟嘟囔囔地自言自语。

可日子在孩子的期待中悄然无声地逝去，没有带来任何惊喜。爹娘还是没回来。孩子再一次声泪俱下。这是爹娘走后的第二次惊天动地的大哭。"我画了这么多，爹娘还不回来。雪花还是不帮助我。"奶奶安慰着孙子说："宝儿，你知道雪花为什么不帮你吗？""为什么？"满脸泪珠的小男孩强止住哭声，像抓住了救命稻草，认真地听奶奶说。"因为雪花在哭泣。哭泣的雪花是不会帮助人的。""那雪花什么时候就不哭啦？""当天上真正下大雪的时候，当雪花漫天飞舞的时候，雪花就不哭啦。到时候她就会帮助你，让你爹娘早点回来的。"老人的眼里也充满了期待。她想象着下了大雪，儿子儿媳总该回来了吧。

于是，孩子天天盼着下雪，可出奇的是，那一年冬天，竟然没下雪。

日子在四季轮回中不厌其烦地重复交替着。

孩子依旧每天画着雪花。不同的是他在每片雪花的后面都加了一个哭脸，然后在每张画的最下面都会画上一片大雪花，在后面加上一个笑脸。

当秋天舞尽了最后一片落叶，又一个冬天挟裹着寒冷来临了。孩子心中期待已久的雪花也终于飞舞人间了。孩子高兴得手舞足蹈。脸上开出了灿烂的花朵。可这场雪还是没能让孩子如愿以偿。爹娘没回来，孩子好不容易绽放笑容的小脸又阴云密布，酷似哭泣的雪花。

"奶奶骗人，奶奶说下了真正的雪花，爹娘就会回来了。可现在为什么还不回来？"孩子委屈万分地说。

"是啊！你爹娘要回来了。他们已经上车了，只是外面下着雪，挡住了他们回家的路啦！"

孩子一声不吭地跑到外面，从院子里找出他的小铲，开始铲地上的雪。他吭哧吭哧地铲着，不顾纷纷扬扬的雪花把他遮盖成雪人。

老人背着孩子哽咽着给儿子打电话，你们快回来吧，我没法儿再骗孩子了。

孩子每天扫雪，直到第二场雪的到来。爹娘回来了，终于回来了。冒着大雪，远远地就看到被裹成雪人的孩子在清扫路面，旁边站着同样是银妆素裹的老妈妈。

娘紧紧搂着儿子说："我们再也不走了。"孩子蹒跚地跑回屋去，拿来厚厚的画满雪花的两个本子，泪流满面地说："别让雪花哭了，好吗？"那稚嫩而纯真的声音，随着尽情飞舞的雪花氤氲开来，洋洋洒洒于天地间，飘进每个人的心底，舞出一片洁白。

拨开云雾见天日。大雪飘尽，<u>丝丝缕缕</u>的阳光如跳跃的火焰，融化了冰雪，融化了寒冷，融化了哭泣的雪花。

载于《文学月刊》

生活中的聚散和离别，正如雪花这般贴切。那些留守的孩子，不就像飘飞的雪花那样无依无靠吗？后来遇到父母，便被爱融化了。

还有谁像林子桐一样"傻"

文 / 太子光

> 走正直诚实的生活道路，必定会有一个问心无愧的归宿。
>
> ——高尔基

一

班上的同学都说林子桐特傻，由于说话直截了当，往往得罪人了自己都不知道。他们不爱和其貌不扬，还往往口不择言的林子桐做朋友。

但在我眼中，林子桐特聪明，擅长解决数、理、化的疑难杂症，但由于粗心，分数倒不是很高。虽然每次考试，我的总成绩都是全班第一，但我知道，如果真遇见难题，我就不如林子桐了。

我的优点在于基础扎实和细心，该对的题，我从来不会犯"低级"错误。只是每次考试，做最后的综合大题时，我都要绞尽脑汁，完成得很艰辛。没有人知道，表面看似成绩高高在上的我，其实为了保住第一名的"宝座"，不知在暗中付出了多少努力。

智商的东西可能真的存在吧，虽然我的分数总比林子桐要高，但我知道，他其实比我更聪明。如果有一天，林子桐能够认识并且纠正粗心的缺点，他的成绩肯定就会超过我。

我主动和林子桐交朋友时是带有些私心的，我想向他学习一些解决

难题的方法，特别是解题思路，但没想到林子桐对于我主动伸出的友谊之手，竟然充满了感激。

二

身为班长，我在班上的人缘很好。用其他同学的话说是：待人彬彬有礼，说话委婉、得体。我从来不会去得罪同学，但也从不曾真正亲近过哪个同学。对人只说三分话，与人保持一定的距离，是我一直以来自认为正确的交友信条。

成绩好，从不做"恶人"，所以每次竞选班长，我都会以高票当选。虽然偶尔也会有同学在背后说我"八面玲珑"，可是我不认为这样有什么不好？我也从不让别人知道我在家里努力学习的事，我更希望大家认为我是"天资聪颖"。我很享受别人崇敬的目光。

在我私下找老师商量后，林子桐调过来与我同桌。看得出来，他很高兴，毕竟在这个班上，我是唯一没有当面骂他"傻"的同学。因为他说话比较容易伤人，所以别人也往往中伤他，几句话不和就起了冲突。

林子桐对我心存感激，言听计从，只要我想弄懂的难题，他都会很详细地给我讲解，有时还会用几种方法，深入浅出，让我很容易就理解了他审题的思路。

在林子桐的帮助下，我渐渐地找到了解决难题的窍门。只是我毕竟是成绩最好的班长，在林子桐面前，就算他教我解决难题时，我也还要保持一种质疑的态度，在他讲解过程中补进一些更合理的步骤，让解题思路更简单、明了。

林子桐和我同桌后，成绩有所进步，老师表扬了他，也表扬了我。大家都认为是我帮助林子桐，甚至是林子桐自己也认为是我在帮助他，其实只有我知道，如果不是他给我的启发，让我找到了解难题的正确思路，我后来去市里参加数学、物理竞赛，想得奖真的很难。

还好林子桐挺傻的，如果换成别人，肯定不会轻易将自己的思考方法教给别人。他还对我那么感激，觉得是我让他变得更善于思考了。

三

作为班长，我是有义务协助老师管理班级纪律的，但我一直充当"老好人"，只在其他班干部与同学起冲突时，才起来说几句"圆场"的话，把两边安抚好，谁也不得罪，赢得人心。其他班干部慢慢学乖了，也和我一样，只有林子桐，当个小组长，却整天爱管闲事。

可能是和我同桌吧，他常常不由自主就会代替我管理班级纪律，警告这个同学上课不要说话，批评那个同学乱扔纸屑，惹得众怒。他还常跑去向老师反映班级里的事情，被人知道后，大家都骂他是"小密探"。

一次课间操，有个女同学躲在教室里看课外书没去。我和林子桐都发现了，我没吭声，倒是林子桐跑到那个同学身边，问她请假了吗？还说如果没请假就要去做操什么的，惹得那个女生当面骂他："你林子桐算个屁呀？班长都没管我，你一个'小密探'来管。""班长的事就是我的事，他学习那么忙，我帮助他不行吗？"林子桐说得振振有词，一点不气馁。

"她可能是身体不舒服吧，休息一下就好了，没关系的。"我对林子桐说，明显为那逃避做操的女生开脱。然后我又转身对那女生说："林子桐也是关心你，他的责任心我们都应该认可。你好好休息吧，我们出去了。"说完，我拉上正准备说话的林子桐离开了。

我的聪明就是及时圆场，谁也不得罪。

四

只是我没想到傻傻的林子桐，一直以拥护我为荣，有一次居然当众对我发飙。

那是一次考试，副班长林樱在考英语时偷偷翻了放在桌洞里的笔记

本。林子桐发现后暗示我去制止。我瞟了一眼，权当没看见。平时我和林樱的关系还不错，而且大家都知道，林樱的小嘴很厉害，我可不想得罪她，给自己惹一身骚。

见我毫无反应，林子桐又碰了碰我的手臂。我赶紧侧过身，只留一个背影给他。我以为我给了他这么明显的表现，他会想明白我不想搭理这事。虽然我反对考试偷看，但这和我有什么关系呢？偷看最终害的是她自己。

没想到林子桐马上举手向老师反映，在老师去搜林樱的桌洞时，她已经及时转移了物证。老师没搜到林樱的证据下不了台时，林子桐马上说："班长也看见了，他可以证明。"

老师把探询的目光转向我时，我站起来说："我在专心考试，没注意别人。"林樱听完我的话后，明显松了一口气，然后她反而倒打林子桐一耙，说："林子桐，我看你是考试考不过我，故意陷害我吧。大家都知道，你最恶心了。"

很多平时就看林子桐不爽的同学都众口一词地指责他，一边倒的情形让老师相信了大家的话，狠狠地瞪了林子桐一眼，然后不悦地让我们继续考试。

林子桐很委屈。一下课，他就对我发飙："你为什么不说实话？你这个'和事佬'，根本不配当班长！"

众目睽睽下，我的脸涨得一片绯红。我知道自己有错，但我不愿意向林子桐承认错误。于是，我恼怒地对他说："你好好想想吧，为什么那么讨人嫌？"

五

林子桐恨上我了，还有深深的失望。他看我时，眼冒怒火，一脸不屑。

我知道林子桐的行为是对的，我不该为了赢得好人缘而颠倒黑白，是非不分。心存愧疚，我想找林子桐说和，但一瞥见他怒火熊熊的目光，我就哑巴了，那些我想了一遍又一遍的话，始终没有说出口。

　　他对我那么真诚，那么珍惜我们间的友谊，他毫无私心地帮助我，就算他自作主张地替我管理班级，也只是希望分担我的责任，并希望班级纪律变得更好。他实事求是地指出林樱考试偷看的真相，而我却为了"保全自身"撒了谎。我从来没有对他真诚过。

　　我很不喜欢这样的自己，和林子桐的善良、真诚相比，我那么不堪。

　　还有谁像林子桐一样"傻"呢？然而他的"傻"是多么难得的品质啊，是值得我学习的地方。我不想失去林子桐这个朋友。

　　我想好了，我要用自己的真诚，得到他的原谅，重新得到他这个朋友。

　　　　　　　　载于《黄金时代·学生族》

　　很多时候，我们总是在正直和人际关系之间徘徊，不知道该怎么办。可是总有些人是正确的，他们的正直感染我们要做正确的事。这就是朋友的力量。

你不坚强，流泪给谁看

文 / 阿杜

> 天行健，君子以自强不息。
>
> ——《周易》

弟弟，虽然我们天天生活在同一个屋檐下，虽然我只是大你几分钟的姐姐，但是我并不了解你，作为姐姐的我觉得自己挺悲哀的。看你天天沉溺在自己的世界里，我觉得我有必要开导你。虽然我也有缺点，但是现在家里只有你一个男子汉了，自从咱们的爸爸出事后，你就只知道流泪，弟弟，你让妈妈以后要依靠谁？

是的，作为龙凤胎姐姐，我一直就有抱怨，凭什么就因为我比你早出生几分钟，我就得当姐姐，事事得让着你，事事得照顾你，其实我也只是一个柔弱的小女生，不是吗？小时候，我们常常打架，那时我们都不懂事，让父母平添了多少劳累？我们一起来到这个世界上，这是多么难得的事，可是我们一直都不知道珍惜。我也有错，因为我一直不想当姐姐，当姐姐就意味着承担责任，当姐姐就意味着做出榜样。我曾恨过，为什么不是你来当哥哥，这样我就可以有依靠，可以在你面前撒娇了，毕竟大的总要让着小的。

弟弟，爸爸走了，我们全家人都很伤心难过，可是我们再难过又怎么样？事情能够有新的转机吗？如果我们的泪水可以换回爸爸，我宁愿自己的泪流干，可是现在流干了泪又如何？我们都已经15岁了，该懂事了。我们要一起照顾好妈妈，重新找回快乐，并且充满信心地生活下去。可是弟弟，你拒绝了所有亲人的爱，用漠然面对这个世界的方式来面对我们，让我和妈妈不知如何是好。

你的难过，我懂，因为我和你一样难过。爸爸是我们依靠的"大树"，可是现在爸爸走了，我们应该互相依靠，不是吗？还记得小的时候吗？虽然我们常常打闹，但爸妈不在家时，你也有表现得特别乖巧的时候，你喜欢跟着我，喜欢做和我一样的事情，喜欢我把你当成一个小宝贝一样照顾……虽然都只是游戏，但现在想想，你应该一直都渴望被爱包围，被所有人当成焦点，被捧在手掌心上。可是时间在走，生活在变，我们在长大，我们终有一天也是要承担起责任，照顾我们的父母。就像现在，父亲不在了，妈妈伤心难过，我们当儿女的难道不应该首先坚强起来吗？让妈妈的心安稳一些，让她觉得我们已经长大了，是可以依靠和依赖的孩子，让我们身边的亲人都松一口气。毕竟，我们的人生得我们自己走，没有谁可以庇护我们一生。

还记得小学时候发生的一件事情吗？有一次，高年级的一个男生在路上横冲直撞，他最后鲁莽地撞倒了我。身边的小女孩扶起我，拦住那个男生，要求他道歉，但那男生牛气烘烘，扬着脸昂首挺胸就是不肯道歉。我没想到，走在后面的你，见此情形后会迅速地冲上来，一把扯住那男生的衣襟说："你撞倒了我姐，就该道歉。"虽然那男生比你高了半头，但你一脸倔强和坚定的神色，毫不畏惧。那男生见你比他小，根本没把你放在眼里，反而想挣脱你的手，两个人推搡着你来我往。我怕你吃亏，就说："弟弟，算了，不和这野蛮人计较。""他做错了，一定要他道歉。"你不依不饶地说。那男生毕竟理亏，又被一群人拦住，而且最重要的是有你在保护我，他最后心不甘情不愿地道了歉，你才放开他。弟弟，你知道吗？你那个时候的样子真的像一个男子汉。回家的路上，你豪气万千地对我说："姐，

以后我保护你，任谁也不能欺负你。"我信，真的，弟弟，我一直相信，你是可以保护我的。可是现在，弟弟，当初你说过的话，你还记得吗？那些话还算数吗？希望你能坚强起来，做一个可以保护姐姐的男子汉。

爸爸还在时也常说，男孩子嘛，要坚强，不能轻易流泪。可是弟弟，爸爸的话，你还记得吗？你从他走后，就常常沉溺于网络游戏，以为这样就可以将自己麻痹，心不会痛楚。你没日没夜地上网，知道妈妈有多心疼吗？你是男子汉了，你长得那么像年轻时的爸爸，可是你有爸爸的风范吗？爸爸遇见问题时，从来不逃避。他曾说过，逃避是最无能的选择，唯有认真面对才能解决。弟弟，你选择了最无能的选择——逃避问题，以为这样事情会随着时光的流逝悄然改变。真的可以改变吗？爸爸没了，这是你无论如何逃避都改变不了的事实。我们不是需要和妈妈一起面对吗？我们要给她温暖的抚慰，让她那颗痛苦的心不再受伤，让她有信心面对未知人生的风和雨。

弟弟，你的做法太让我和妈妈失望了，我想九泉之下的爸爸一定更失望。你曾是爸爸的骄傲，但现在你整天沉迷网络，整天沉溺于自己的忧伤中。生活那么现实，如果你不坚强，流泪给谁看？

我们不需要同情，我们不需要把自己的伤心流露给别人看，我们要自己勇敢面对，我们要让妈妈放心。让她知道虽然爸爸不在了，但只要我们一家人相亲相爱、努力生活，一定也可以生活得很好。你说，这不也是爸爸最后的遗愿吗？

弟弟，你一直很聪明，我说的你早已都懂，但懂归懂，你要付诸行动。不要再沉迷网络游戏了，那会让你迷失掉自己的方向。把伤心埋藏在心里，把对爸爸的想念也埋藏在心里，不要再动不动就流泪了，我们唯有自己坚强，才是对爸爸最好的敬意。

我想，我们的爸爸也不喜欢我们整天泪流满面的样子吧？弟弟，我们一起坚强面对生活吧，让我们的妈妈可以因为我们而欣慰。我们是一家人，无论面对什么事情，我们都可以携手一起走过。这世上，唯一的"救世主"就是我们自己。

载于《新青年》

没有人可以救自己，也没有人可以打败自己。坚强一些，你真的可以做自己的主人。

脚下的流沙

文/李良旭

孝子之养也，乐其心，不违其志。

——《礼记》

放学回到家，母亲在院子里看到我回来了，抬头看了看我，皱起了眉头，说道："怎么？放学后又到小河边玩去啦？"

我心中慌乱地赶忙回答道："没有啊，一放学我就回来了。"

母亲听了，脸一下拉了下来，她有些生气地说道："你撒谎，你脚下的流沙告诉我，你到小河边玩耍去了。"

母亲铿锵有力的一句话，吓得我赶忙低下头看着自己的脚下。这一看，不禁令我大吃一惊，只见两只鞋边粘上了点点粒粒的沙子。没想到这粘在鞋上的沙子，竟成了无可抵赖的证据。我无话可说，只好羞愧地低下了头。

母亲走了过来，拿来一双干净的鞋，让我将脚上的鞋换下来。母亲将那双鞋拿到水池边，边洗刷鞋上的流沙，说道："脚踩到哪儿，流沙就跟到哪儿，即使细小到你眼睛看不见，但别人也能看得见。流沙就是一个人的足迹，也是一个人的人生。"

我惊讶地望着母亲，没想到我那没有多少文化的母亲，竟说出了这么富有诗意的话来。那一刻，我感到母亲好聪明，甚至好伟大。那是在我七八岁的时候，我第一次听到"流沙"这个词，原来流沙无处不在，无处不有，它就像影子一样，如影随形，伴随在人的脚下。

一次，老师让同学们用"沙"这个字组词，班上同学大都组成了沙漠、沙发、沙子、沙滩、沙地……只有我一个人组成了"流沙"这个词，当时课本上还没有学过这个词。老师特意在全班表扬了我，说这个词组得好，并问我是怎么知道这个词的？

我将那个鞋上沾有流沙的故事说给老师听了，老师夸我有一个十分聪明的妈妈。听到老师的夸赞，我心里充满了自豪和甜蜜。

20多年后，当年的同学聚会，许多同学还向我说起那个我在班上说过的流沙的故事。他们说，这么多年了，只要一看到自己鞋上沾上的那些流沙，他们就会想起我，想起我说过的那个故事。

我听了，一下子感动莫名，眼睛一下子湿润了。少年时，大家在一起的许多时光都已淡忘、模糊了，但课堂上偶尔说过的一个故事，竟然让同学们记住了几十年，甚至触景生情、思绪万千，不能不令人感慨万千、心如潮涌……

长大了，我走出母亲的怀抱，到过许多地方，并在很远的城里安了家。每次回家，母亲看到我，总是先低下头，看我脚上的鞋。

我开始不明就理，问道："妈，您在看什么呢？"

母亲认真地说道："我在看你脚上的流沙，看你是否走错了道，沾上了不该沾上的流沙。"

母亲轻轻的一句话，惊出了我一身冷汗。孩提时的那一幕，像电影蒙太奇一般又浮现在眼前，真真切切、恍如昨日。我下意识地在努力检索自己所走过的路，心中隐隐有些忐忑和不安。

这么多年来，尽管母亲不在自己的身边，但我仿佛感到她一直就在自己的身边，她的眼睛一直在紧紧地盯着我脚下所走过的路，使我丝毫不敢懈怠和放纵，生怕自己一招不慎走错了路，脚下沾上了不该有的流沙。母

亲说得对，人走到哪儿，流沙就跟到哪儿，无论自己行走得多么隐蔽，都隐藏不了脚下的流沙。

这世界有一种孝，就是努力走好自己人生的路。可以平凡、可以寻常、可以贫穷，但绝不能走错了人生的路。只有走得正直、走得刚强，才是对母亲最大的孝。

载于《思维与智慧》

是的，我想我们对于父母最大的孝道是一直做正确的事，不做危害社会的事情，不辜负父母对我们的谆谆教诲。

灵魂的救赎

文/旭旭

爱是火热的友情，沉静的了解，相互信任，共同享受和彼此原谅。爱是不受时间、空间、条件、环境影响的忠实。爱是人们之间取长补短和承认对方的弱点。

——安恩·拉德斯

一

这几天，表妹正跟爱人闹别扭。一气之下，她跑回娘家。她躺在床上，边看电视，边在心里默默数落着丈夫的种种不是，她觉得丈夫太窝囊、太没本事、太普通了，工作十几年了还是一个小职员，每月挣得那几个钱，刚刚糊个口，买不起房、买不起车。想想自己几个闺蜜，不是嫁了个当官的，就是嫁了个"富二代"，她们哪个不是小日子过得风风光光，有声有色。自己想当初真是瞎了眼，怎么嫁了这么个没能耐的人。表妹越想心里越烦、越伤心。

突然，电话铃声响了，她懒洋洋地拿起电话。电话是她的一个同事打来的，同事告诉她，她们公司黄师傅的爱人昨天遭遇车祸，不幸去世了。她听了，一下子惊呆了。黄师傅的爱人她见过，一个非常热情、憨厚的

人。没想到，这么一个好男人，竟遭遇不幸，过早地离世了。他这一走，黄师傅一个人带着两个年幼的孩子还怎么过啊！想着想着，表妹不禁潸然泪下，泪湿枕巾。

她突然想起自己的丈夫，丈夫虽然只是普普通通的一个人，但他很爱她，一直把自己当作个珍宝，对她很关心、很照顾。他知道她的胃不太好，每次吃饭前，总要让自己喝几口他做的"开胃羹"，使得自己胃痛的毛病再也没有犯过；孩子上学后，全是他来接送和辅导，从没有让自己操过心。

忽然之间，这些平时看起来没有什么特别的地方，此时竟充满了温馨和甜蜜，这一件件凡俗的小事，竟变成他的种种优点。她越想越感动，越想越温暖。

原来，人生中最大的幸福不过是：你在，我在，大家都在好好地活着。想到这儿，她拿起手机，拨通了那个熟悉的号码。

手机里刚刚传来一声"喂"，她就泪流满面，哽咽地说道："老公，你回来在路上可要注意安全，我马上回家烧好饭菜，等你回来一起吃！"

二

这几天，好友华正跟同事闹着矛盾，互相不理睬已有几个星期了。其实，说起来根本不是什么大事，只是心胸狭窄了些。这些天，大家表面上不露声色，其实心里却是翻江倒海，时时刻刻想着这些事。这些事，就像是个可怕的幽灵，如影随形，令自己苦不堪言，备受折磨。

这天，华正在电脑上写着文案，忽然从电脑下方跳出一则快讯：今天上午，在雨山路一辆小车突然失控，路边两个行人当场被撞身亡。

看到这则消息，他忽然想起自己与同事之间发生的那些矛盾。此时想想，这些矛盾简直不足挂齿。他想起的竟是同事种种的好来。那次，自己生病没来上班，同事不声不响地把自己的那摊事给干完了。事后，同事一点没提起，后来他还是从别人口中知道的；还有一次，自己的自行车坏了。同事发现了，主动把自己的自行车给他骑，而他自己却走着回家了。

这些平常发生的小事，此时竟清晰地展现在自己的眼前，是那么地明媚和温暖。他心里荡起层层涟漪，涌起缕缕甜蜜和温馨。想到这儿，他迫不及待地拿起手机，拨通了同事的手机号码。

手机里传来同事的熟悉的声音。他只说了句："你有空吗？我想到你那儿坐坐！"同事亲切地说道："有空、有空，还是我到你这儿吧！"

三

平大学毕业后，很快在城里安了家。自从有了自己的小家后，他就很少再回到乡下父母那儿去了。乡下父母思儿心切，每次打电话或托人捎信给他，让他有时间带上媳妇和孙子回老家看看。可他总是推托说自己很忙，没有时间回家。他想，媳妇是城里人，根本吃不惯老人做的饭菜，睡不惯老家的木板床，喝不惯老家的水；儿子要吃肯德基、麦当劳，可老家没有。老家只有菜地里长的苦瓜、黄瓜、地瓜，这些儿子根本不敢兴趣。为了不影响老人们的心情，他每次都推辞说自己忙。就这样，不知不觉间已有几年没回老家了，父母的印象在自己脑海里也渐渐模糊了、淡忘了。

一天，他的一个老同学打电话哽咽地告诉他，他父母乘坐的马航MH370飞机失联了，一直没有爸爸、妈妈的音信。失联，是亲情最大的缺失，他再也联系不上他的爸爸、妈妈了。说罢，老同学悲伤地痛哭起来。那哭声，深深地刺痛了他，他也呜咽起来。

他想起了自己乡下的老父母。父母那慈祥的面容、那粗糙的双手、那满头白发，想起了那土屋上冒出的袅袅炊烟，那屋后盛开的一片片粉红色的桃花，那门前小河潺潺的流水，还有院子里那可爱的小花猫，这一切竟

变得格外亲切温暖。

　　想到这儿，他抓起手机，拨通了父母的电话号码。电话里刚刚传来父亲的声音，他就热泪盈眶。他哽咽地说道："爸爸，明天一早我就带着媳妇、儿子回来看你们，你们要多保重啊！"

载于《阅读》

　　我们一路走走停停，总是在丢失些生命中最珍贵的东西，那些最真实的温暖和爱，还有最亲的人。我们总是看不见自己的幸福，总是看到别人的光鲜。只有失去时，才知它的宝贵。

爱不单行

文 / 木子

爱别人，也被别人爱，这就是一切，这就是宇宙的法则。为了爱，我们才存在。

一

每天早晨，无论多忙，他都要下楼到车库里，先将妻子的电瓶车从车库里推出来。这样，待会儿妻子去上班，就会省许多力，骑起来就可以走了。他总觉得这种出体力的活儿应该由自己来做。妻子方便了，就像自己方便一样。冥冥之中，他能感受到妻子的舒适和惬意；他常常不声不响地骑着妻子的电瓶车绕上几圈，如果发现刹车不灵了，或者有其他什么小毛病，他都会不声不响地将车子修理好。不为什么，只因为她是他的妻子。为了妻子的安全，他觉得这是一个丈夫应尽的责任。

他喜欢喝茶。每次泡茶时，他总是发现自己的紫砂杯里，开水已倒了浅浅的杯底，茶叶已经泡了半开了，里面还放了几朵茉莉花。自己再往杯里续点开水，立刻清香四溢，端起杯子就能喝上一大口。真舒服啊！他从心里发出啧啧的赞叹声；他的脚是汗脚，但每天下午上班穿鞋时，他总感觉到鞋里暖洋洋。这种暖，从脚底一直传递到心里。真舒服啊！

为他提前泡杯茶、帮他晒鞋垫……这些生活上的小细节，妻子已默默地为他做好。不为什么，只因为他是她丈夫，丈夫舒服了，她也会感觉到幸福。有一种甜，在心里荡漾。

这种默契，这种心系，不需要提醒，不需要嚷嚷，一切都是悄无声息地完成。

二

隐约中，他仿佛听到大门上传来轻微的敲门声。"是谁啊，将门敲得这么轻。"他边嘀咕，边将门打开。可是，却没有看见人。他以为自己刚才是听错了，就在他要将门关上的一刹那，忽然听见一声稚嫩的声音："叔叔好！"

他低头一看，不禁哑然失笑，这不是邻居家的小男孩吗？"都长这么大了，快请进来吧！"他笑吟吟地搀着小男孩进屋。他担心邻居家找小孩，所以大门没有关上。

小男孩三四岁的样子。进了屋，到了一个新的环境，显得很兴奋。他东张张，西望望，好像寻找什么新发现。他看到小男孩像个将军一样地在视察，忍俊不禁地给小男孩一一介绍起来。小男孩听了介绍，竟像模像样地头点、微笑。

不知什么时候，小孩的母亲倚在门口，看到这一幕，目光中溢满了一缕温柔。这男主人太细心了，竟将自己的小孩当作个大人似的介绍来介绍去，这真的是一种平等和尊重。

三

这几天他家里有些事，请了几天假。手上的那一大堆报表还没做好，他心里很着急。今天一上班，他就早早地来到办公室，想抓紧时间将手上的那些报表做好，报迟了会影响工作，他可要挨批了。

到了办公室，他突然看到一叠报表已全做完了，正整整齐齐地放在自己办公桌上，自己只要签上名就行了。等大家都来上班了，他激动地问大家这报表是谁做的？同事们笑嘻嘻地告诉他就别问了，把报表报上去就行了。

这几天，同事小王要出差，可孩子才上幼儿园没有人接送，他很着急。小王是单亲家庭，一个人带着个孩子已很不容易。

他对小王说，你放心出差吧，孩子交给我爱人接送，她正好在家，也没有什么事。小王听了非常感动，连连道谢。他说："大家在一起工作，帮一下是应该的。"

爱不单行。生活中，这种爱无论是在家里、邻里，还是在社会，永远是一条双行道。付出一点爱，就会得到更多的爱、更多的关心和帮助。生活中，往往不是缺少爱，而是缺少付出。

载于《中学生学习》

爱别人多一点，别人就爱你多一点。付出总是会有回报，甚至是双倍的回报。

最后一束康乃馨

文 / 追梦人

生活中,善意的谎言可以让生活增添色彩。

——莎士比亚

　　天刚亮,一个年轻的鞋匠就来到了中心街的街头。那儿来来往往的行人很多,鞋匠每天都能擦上十多双鞋子,挣上十多块钱。鞋匠刚把自己的家伙摆好,就来了一个孩子。孩子背来一篓花,在鞋匠旁边放下了。鞋匠知道,那花是康乃馨。鞋匠心想,你那花又吃不得,能好卖吗?

　　这时,一个男人经过,没有找鞋匠擦鞋,却走到孩子面前问道:"这花多少钱一束?"孩子说:"八块钱!"鞋匠一听,连忙眨眼,这花这么贵!谁知男人连价钱也没还,就选了一束康乃馨,然后掏钱给了孩子。

　　这个男人走后,又一个男人走来,也买了孩子一束康乃馨。等买花的人走后,鞋匠羡慕地对孩子说:"你的花可真好卖呀!"孩子笑着说:"今天是母亲节,许多人都要买康乃馨送给母亲!"鞋匠听了才知道今天是个节日。他知道节日的时候生意就好,他想,今天自己的生意也该很好吧!

　　走来走去的人都纷纷向孩子买康乃馨。在人们眼里,好像就只有卖康乃馨的孩子,没有鞋匠似的。孩子的康乃馨都卖出去半背篓了,可鞋匠才只擦到了两双鞋子,只收入了两块钱。鞋匠不由得埋怨起自己来,我咋这么笨,就没想到卖康乃馨呢?!鞋匠盯着孩子,盯着孩子的康乃馨,眼睛里燃起一团火,他嫉妒孩子,他恨不得把孩子的康乃馨抢过来。要是那些康乃馨是自己的,那自己该赚多少钱呀!只卖一个上午就能顶一个月!这想法一直在鞋匠的心里转悠着,折磨着他。

鞋匠越是眼红,孩子的康乃馨就越是好卖。人们都只注意到孩子的红色康乃馨,谁都不把鞋匠放在眼里,找鞋匠擦鞋的人竟比往常少。都过12点了,上班的人都下班了,可鞋匠一上午就只擦到了四双鞋子,就只挣到了四块钱。

鞋匠恨孩子,鞋匠后悔早上没把孩子赶走。要是孩子来的时候,就告诉他这里不准卖花,那自己的生意准好。可现在要赶人家走,已经迟了。鞋匠看了一眼孩子的背篓,更来气了,孩子就只剩下最后一束康乃馨了。鞋匠嘴里悄悄地骂了一句:"真他妈好卖呀!"

不知怎么的,孩子的最后这一束康乃馨却无人问津了。该买的要买的都买了,就是想买的,见只有最后一束康乃馨,没有选择的余地,又嫌它是别人买了剩下的,看一眼就摇头走了。孩子对过往的行人叫道:"买康乃馨哟,送给母亲的好礼物,只有最后一束了,只卖五块钱,只卖五块钱!"听了孩子这话,人们连看也不看了。鞋匠听了暗暗好笑,心里说,真是笨,你一说只有最后一束,谁还买呀!不过,鞋匠就希望孩子这么叫下去,看他怎么把最后一束康乃馨卖出去!

时间一点点过去,孩子的康乃馨已经不如早上新鲜了,过往的行人也稀少了。每一个行人经过,孩子就会叫道:"买康乃馨哟,送给母亲的好礼物,只有最后一束了,只卖五块钱,只卖五块钱!"可行人瞧也不瞧就走过去了。

没有人买孩子的那束康乃馨,孩子就急了,急得像热锅上的蚂蚁一样,围着他的背篓团团转。鞋匠看了不由得得意起来了,他终于忍不住对孩子说道:"现在没人买花了,你的花卖不出去了!"孩子着急地说:"我要把它卖出去!叔叔,现在什么时候了?"鞋匠没有表,猜测说:"应该有1

点钟了吧！""啊！都1点钟了！"孩子一听就叫起来，"我妈还等我回家去做饭给她吃！"鞋匠说："你出来卖花，你妈还要你回去做饭给她吃，她怎么……"孩子说："我妈有病，而且瘫痪在床上，动不了，家里没有别人，我要是不做饭给妈吃，她就会挨饿。今天卖花赚到的钱，我还要拿去给她买药！"

鞋匠没想到孩子是这么苦，他深深自责。这时，一个男人在鞋匠面前的椅子上坐下来，鞋匠赶紧拿家伙替他擦鞋。鞋匠擦鞋的时候对孩子说："你的这束康乃馨，我要了！"孩子听了开心地笑了："好，我就卖给你！"孩子说着就从背篓里捡出康乃馨送到了鞋匠面前，鞋匠接过康乃馨，赶紧掏钱给了孩子。孩子接过钱，冲鞋匠笑笑："我先走了！"然后孩子背上背篓一跳一跳地去了。鞋匠见了就笑了。

鞋匠很快就把男人的鞋子擦好了，男人掏出一块钱给了鞋匠。鞋匠拿起康乃馨，送到男人面前说："送给你，拿去给你母亲吧！"男人一愣："你刚才不是花钱买的吗，怎么不要？"鞋匠笑着说："我母亲早在半年前就去世了，我是想让他早点回家才买下的！"男人笑了，说："我要了！"男人接过康乃馨，然后掏出五块钱塞到了鞋匠手里。鞋匠说："我不要钱，我送你……"男人说："你花钱买的，我怎么能白要？"男人说完，放下钱就走了。

男人走出这条街后，把康乃馨放到街边显眼的一块石头上，他想谁要谁就拿去吧。男人的母亲在他出生时就去世了。

载于《故事会》

很多时候，善意的谎言，不过是为了别人好过。这个故事是很温暖的。社会如果多些这样的爱，那就好了。

尘埃里的上帝

文 / 李代金

> 有时候,谎言很美丽,她的名字叫"善意的谎言"。
>
> ——米·露西·桑娜

威尔逊原本有一份不错的工作,每个月都能拿到一份不错的薪水,但是一场车祸却夺去了他的双腿。从此,他不但失去了工作,而且行动也变得十分艰难。成天无所事事的威尔逊总是闷闷不乐,妻子看在眼里,痛在心里,她建议他在自己家旁边开一家超市。威尔逊想了想,同意了。超市开起来了,没想到生意非常不错,附近的人都到他的超市购物。一整天,超市人来人往,大家还跟威尔逊聊聊天,威尔逊的脸上成天都堆满了笑容。

威尔逊的生意做得风风火火,一家人过得开开心心,可是邻居蒂芬妮的丈夫却因为车祸去世了。因为责任在蒂芬妮的丈夫,蒂芬妮需要支付对方一大笔赔偿金,为此她家顿时陷入了困境。威尔逊是个善良的人,他见蒂芬妮一家陷入困境,决定出手帮她。他知道自己现在之所以过得开心,是大家在照顾他的生意,如今他人有难,他也应该主动帮忙。当然,这事还是得征求一下妻子的意见。他把想法跟妻子一说,妻子满口答应。

妻子说:"我们要帮她,但这不能明帮,只能暗帮。"威尔逊点了点头,明帮,蒂芬妮肯定不会接受,就算真的接受了,心里也会有负担,也会想方设法报答他们。威尔逊想了想,便有了主意,把钱偷偷地放到蒂芬妮家

里，然后让儿子马克去玩的时候，假装不小心找了出来。这样，蒂芬妮就会认为那是丈夫藏起来的钱，这样她会感到十分惊喜，当然心里也没有什么负担了。于是，威尔逊叫来马克，对他详细地交代了一番。

威尔逊取出一笔钱，用一个袋子装好，然后交给了马克。马克带着这笔钱，去了蒂芬妮家，并悄悄地藏在了一个角落里。然后，他跟蒂芬妮家的比尔和大卫玩起了捉迷藏的游戏。不一会儿，马克就叫了起来："哇，这里有好多钱！"马克的叫声引来了比尔和大卫，他们见到那袋钱，不由得吃了一惊："这是我家的，这是我家的！"马克把钱交给他们。他们赶紧去把钱交给了蒂芬妮。蒂芬妮拿着钱喜出望外，激动得流下了泪水。

因为这笔钱，蒂芬妮的难题一下就解决了，她的脸上又有了笑容。威尔逊一家看在眼里，乐在心里：这样真好，蒂芬妮对钱的来历没有丝毫怀疑，花得心安理得。可是，天有不测风云，就在蒂芬妮的难题解决没多久，她自己却病倒了，一大笔医药费顿时吓傻了他们全家。治吧，没钱；不治吧，只能病死。蒂芬妮不怕死，可是她死了，两个孩子怎么办？他们还小，难道就要因为她的死而成为孤儿吗？蒂芬妮为此成天以泪洗面。

见此，威尔逊再一次同妻子商量，他说："我们跟蒂芬妮是邻居，我们手上还有不少钱，不如取点来帮帮她！"妻子点头同意了，她也不忍心蒂芬妮有个三长两短，否则那两个孩子就太可怜了。当然这次也不能明帮。于是，威尔逊再一次取出一笔钱，再一次装入一个袋子，再一次交给马克，再一次详细地交代一番，让他务必稳妥地把钱交到比尔和大卫手里。马克点点头，带着这笔钱去了蒂芬妮家，并悄悄地藏在了一个角落里。

当然，马克又找比尔和大卫玩起了捉迷藏的游戏。当然，没过多久，马克又装着无意的样子，发现了那袋钱，并叫了起来："哇，这里有好多钱！"马克的叫声引来了比尔和大卫，他们看到那袋钱，顿时就笑了起来，跳着说："这是我家的钱，这下好了，妈妈有救了！"他们从马克手里接过钱，欢呼着跑去找蒂芬妮。蒂芬妮从两个孩子手里接过钱，得知是从家里找出来的，愣了愣，不由得喜出望外，连忙带上钱去了医院。

10天后，蒂芬妮出院了。出院后，蒂芬妮就去找了一份轻松的工作。后来，她又换了辛苦的工作，努力地挣钱。威尔逊见此非常高兴，心想这下好了，他们一家可以过上好日子了。可是，蒂芬妮一家却省吃俭用，原来她把钱都存了起来。两年后的一天，蒂芬妮走进了威尔逊的超市。威尔逊以为她要买东西，可是她却将一袋钱放在柜台上，对他说道："威尔逊先生，谢谢您对我们的帮助，我这是来还您的钱，请您收下！"

威尔逊吃了一惊，却装作毫不知情的样子，说道："你这是干什么？我们什么时候帮过你啊？"蒂芬妮告诉他，她每次需要钱的时候，马克与她的孩子捉迷藏都找出一袋钱，而她的丈夫根本不会把钱藏在那里。不用说，是他们一家为了帮她才想出的办法。威尔逊说："不，你弄错了，我们从来没有帮过你什么。倒是你，帮了我们。你家周围栽满了花，大家闻到花香，就都喜欢来我的超市购物了！"

蒂芬妮心想，也许那真是丈夫藏的钱。他们帮了我，没理由不承认。威尔逊说得有道理，卡尔森就曾开过超市，但生意却不好，最终关门了，现在他的生意这么好，真是我家的花帮了忙。然后，蒂芬妮带上钱，开心地走了。威尔逊对妻子说："你看，我不承认，还说她帮了我们，她多开心。大家总是照顾我们的生意，可他们却从不承认这是对我们的照顾。上帝从来不承认自己是上帝，他总是低到尘埃里，跟常人没有两样。"

载于《知音·海外版》

其实，承认不承认有什么关系呢，重要的是，我们因为爱，日子过得越来越好，这不就是最大的幸福吗？

送个假期给爸爸

文 / 宝谷

女儿是父亲的贴心小棉袄。

——谚语

作为世界 500 强企业的员工，向公司请几天假放松心情，难度有多大？估计没人能给得出准确答案。但凡事都有例外，对于请假，有时人们要做的仅仅只是提要求。近日，互联网巨头谷歌里的一名员工就因为女儿的稚嫩请求而获准休假一周。

谷歌的这名员工名叫布鲁克，是个设计员，他的女儿凯蒂 7 岁了，可爱又漂亮。自从几年前进入谷歌工作，布鲁克就极少有时间陪伴女儿，因为他一周仅有一天的休息时间。2014 年 6 月末的一天晚上，小凯蒂跟爸爸聊起了生日。

凯蒂问："爸爸，7 月 2 日是您的生日，您能留在家里过生日吗？那天是周三。"

布鲁克答："很抱歉，亲爱的，如果是周三的话可能不行，爸爸请不了假。"

凯蒂听完一脸难过，转身回屋了。过了大约半小时，她拿出一封已经封口的信放到了布鲁克手里。凯蒂问："爸爸，您能帮我将这封信交给您的上司吗？"

布鲁克一脸好奇："给我的上司，为什么呢？"

"我想送给您一份生日礼物，前提是您必须先帮我这个忙，可以吗？"

看着女儿那张天真的脸，布鲁克答应了。

第二天，布鲁克敲开了自己上司、谷歌高级设计主管丹尼尔办公室的门，递上了那封信，并解释那是自己的女儿凯蒂写的。做完这些，他就退出去工作了。

竟然有员工的女儿给自己写信？这让丹尼尔感到很意外。他饶有兴趣地拆开，发现这是一封用蓝色蜡笔写的信。他一边看，一边轻轻念了出来。

亲爱的谷歌：

你可以在我爸爸上班的时候，给他放一天假吗？例如，让他在周三多休息一天。因为我的爸爸每周只能在周六休息一天。

凯蒂

附笔：7月2日那天是周三，是我爸爸的生日。

再附笔：现在已经进入夏天，天气有多热，你应该懂得。

看完信，丹尼尔不禁莞尔一笑。他在心里说这样可爱的孩子，我怎么忍心拒绝她的请求？他干脆坐下来，认真回复了信件。之后，他又将回信托布鲁克转交给凯蒂。

女儿给自己的上司写了什么？上司又给她回复了什么？对于这些，布鲁克一无所知，因为他一直以来都很尊重孩子的隐私。他能做的，只是将回信交到凯蒂手里。

那天晚上，凯蒂看到信件后兴奋地趴在妈妈的耳边说："我送给爸爸的礼物到了！"

信里，丹尼尔这样回复她：

亲爱的凯蒂，谢谢你细心周到的字条和请求。你的爸爸一直在勤奋

地工作着，为谷歌和全球数百万人设计出了许多漂亮又可爱的产品。我们考虑到你的爸爸要过生日了，同时了解到在夏天多休几个周三的重要性，所以我们决定给予你爸爸7月第一周一整个星期的假期。你们尽情享受吧！

没错，凯蒂要送给爸爸的礼物就是一个假期，但她和妈妈约定，先对爸爸保密。

时间一天天过去。7月1日这天早晨，布鲁克吃完早餐后同往常一样拿起公文包走出门。就在这时，他的手机电话铃响了。电话里传来了丹尼尔的声音："是布鲁克吗？我在这里正式通知你：从现在起，公司允准你休假一周。祝愿你明天生日快乐，也祝愿你的女儿凯蒂永远都那么可爱！"

直到这时布鲁克才明白，凯蒂给自己上司写的信其实是一张特殊的假条，而上司准假的理由也很简单：童心难拒。布鲁克心中顿时涌起一股暖流。他回过头，看见妻子和女儿正冲着自己笑。布鲁克快步走过去将她们紧紧拥入怀中，然后大喊："这是我收到过的最美好的生日礼物！"

载于《当代青年·我赢》

我们在感动于父亲和孩子的爱的时候，是否也想到那位上司的通情达理。我在想，人与人之间的交往如果都如这般清澈，该有多好。

父亲的爱情借口

文 / 君燕

> 总是向你索取，却不曾说谢谢你；直到长大以后，才懂得你不容易。
>
> ——筷子兄弟

一

当老张说要把我送人的时候，我挤眉弄眼地朝他做着鬼脸，嬉笑着说："那正好，我早就受够你的管教和约束了。"老张却不笑，脸上露出少有的正经和深沉："这户人家条件很好，身边一直没有孩子，你去了，他们会把你当亲生儿子对待的。"老张反常的话语和表情让我感到了一丝不安，我承认我有些害怕了，但脸上却强撑着笑，试探道："老张，你干吗呢？不带这样开玩笑的啊。""没开玩笑，我经过深思熟虑了，那户人家条件真的很好，可以给你提供更好的条件，比跟着我强多了。"老张看着我，无比认真地说。我看出老张不是在开玩笑，一下子慌了神，语无伦次地嚷嚷着："老张，我是你的亲儿子呀，你舍得不要我？你就那么狠心要把我送给别人？"老张不再答言，转头进了里屋，冷冷地丢下一句："收拾东西吧，明天就走。"

那年，我八岁。

这是和老张在一起的八年里，留给我的最后一个画面。彼时的老张不

再是平日里那个我熟悉的老张，不再是那个允许我没大没小、任由我骑在他肩头肆意妄为的老张。老张的背影是那么决绝、冷酷，顿时让我产生了一种陌生感和距离感。我甚至不敢再跟老张说话，去哀求他把我留下。仿佛一个孩子突然对一个玩了多年的皮球产生了厌倦，然后毅然绝然地把皮球弃之一旁，连头都不愿再回一下。作为一个被丢弃的皮球，能做的只是逆来顺受，静静地待在墙角等待命运的安排。

可是，我想了一个晚上，甚至在之后的很长一段时间里都没想明白，老张为何要遗弃（直到现在我依然固执地认为老张那时的行为是遗弃）我。难道他忘了他对我的承诺了吗？忘了我们八年来相濡以沫的快乐时光了吗？

二

从小我就没有母亲，每次看到别的孩子依偎在母亲怀里撒娇时，我就会跑到老张面前，拽着他的衣角可怜巴巴地问："我怎么没有妈妈呢？我要妈妈，我要妈妈。"每每这时，老张总会流露出难得的温存，紧紧地抱着我说："小张，你忘了？我们是男子汉，我们可是很坚强，很勇敢的哦，我们不需要妈妈。"感受着老张怀抱里的温暖，我拼命地点了点头。片刻，便又和老张嬉戏打闹起来。

老张跟一般的家长不一样，他从来不会拿家长的身份来压我。他常常说，我们之间是平等的、民主的，我会尊重你所有的意愿。"那我不要叫你爸爸了。"我调皮地噘起小嘴，"我想喊你老张。""好呀，为什么不可以呢？"老张摊开双手，表情夸张地回应我。老张，老张，我一遍遍地叫着，老张不厌其烦地应着，接着我们便嘻嘻哈哈地笑作一团。

尽管老张不止一次地说我们是平等的，但他对我的爱却比我给他的要多得多。记得有一年冬天下雪，我想让老张带我去后山抓野兔，开始老张断然拒绝，说雪下大了会很危险。可禁不住我的软磨硬泡，老张还是带着我进山了。不承想回来时，雪真的下大了，漫天的大雪覆盖住了地面的一切，包括大大小小的沟壑。看着瑟瑟发抖的我，老张知道不能再等下去了。他把身上的棉袄脱掉给我穿上，拉着我的手严肃地命令："踩着我的脚印走，不许乱走啊。"那是我第一次在老张脸上看到担忧和畏惧，我机械般地点了点头，便跟着老张上路了。老张一步一步试探着往前走，我亦步亦趋地跟在他身后，雪地上一大一小两双脚印无声地向远处伸展。那次回去后，老张在床上躺了半个多月，自知犯错的我随时等待着老张的责罚，老张却始终没有说我一句。

三

养父母确实对我很好，他们不停地给我买好吃的、好穿的，甚至说话时都小心翼翼地看着我的脸色。我能感受到他们浓浓的爱意，我也承认他们的条件比老张好多了。但我还是不可抑制地想老张，白天想，夜里还想。喝着他们花高价给我买来的鱼汤，我却不由自主地想起老张给我做的鲫鱼汤。那些老张亲手钓来的鲫鱼，如今想起来是那么美味，那种独特的味道恐怕我一辈子都难以忘记。

那天，我终于偷偷跑了回来。站在简陋的房门口，我的呼吸似乎都变得轻快和温暖，我嘴里大喊着："老张，我回来了。"便不顾一切地冲了进去。我以为老张会像往常那样，热情地回应我："小张，我在这儿呢。"可是，我却看到老张坐在饭桌前瞪大的双眼，老张的惊愕让我心凉，而饭桌旁那个漂亮的陌生女子则更让我寒心。

"这是李阿姨，我们就要结婚了。"老张最终还是站起身来，像做错了事一般向我介绍。陌生女子对我点点头，脸上带着礼貌的笑。那一瞬间，我觉得所有的迷惑似乎都有了答案。怪不得老张会急着把我送出去，原来他是为了寻找自己的幸福，而我却成了他飞向幸福的累赘。那一刻，我真正感到了孤独和无助。我一直以为老张想我回来，会像我想回来那般急

切，却不知我的一腔热情在他那里却变得一文不值，甚至成了负担。我想不通，血肉亲情怎么竟然会在一瞬间败给看似美丽的爱情。

"追求你的爱情去吧，我永远都不会原谅你。"面对老张的张皇无措，我撕心裂肺地喊了一声，便逃也似的离去了。身后老张那紧一声、慢一声的呼唤成了我记忆中关于他的最后的声音。

四

如果不是那个陌生的姑娘找到我，恐怕我一辈子都会对老张进行选择性的失忆。那天下班，一位陌生的姑娘找到我，开门见山地说："你就是小张哥哥吧。"小张？这个称呼让我微微一愣，都多少年没人叫我小张了，自从跟了养父母，我早就改成了养父的姓，他们也给我取了一个很有文化很好听的名字。"小张"这个名字大概只会在梦里出现了吧。

"请问你是？"虽然在姑娘说出"小张"的刹那，我的脑海里就已经闪电般地浮现出老张的形象，并从姑娘那张与老张神似的脸上猜测出了他们的关系，但我还是假装不懂地反问道。姑娘低下头，长长的睫毛盖住了双眼，她小声说："老张想见你最后一面。"最后一面？老张怎么了？难道他生病了吗？姑娘的话让我的心猛地一紧，一时竟有种眩晕的感觉。但一想起老张的绝情，我立刻收敛了脸上的关切，故作冷漠地说："凭什么他想见我，我就必须去见他？"姑娘显然没有料到我会这么说，她咬住嘴唇，拼命忍住双眼里满含的泪水。

恰巧此时，养母打来了电话，她在电话里用不容置疑地口气说："去看看老张吧。""我不去，他不是我父亲，我和他没有一毛钱关系！"我用一贯任性的语气跟养母说。没想到，从来没有反驳过我的养母这次却异常坚定："你必须去！"我不置可否地挂了电话。抬头正迎上了姑娘清澈的眼神，她幽幽地说："老张确实不是你的父亲，你现在的养父母才是你的亲生父母。"

五

在咖啡馆里，姑娘为我解开了所有的疑惑。原来，老张和李阿姨原本就相爱，婚礼都已经提上了日程。在结婚前几个月，老张下夜班时，在单位门口看到了在襁褓中哇哇大哭的我。当老张把我抱在怀里时，我竟然一下子不哭了，粉嫩的小脸上那双乌黑的大眼睛一眨不眨地盯着他看。老张说，只看一眼他就喜欢上了我，当即决定把我抱回家去。

然而，老张收养我的行为却得到了众人的极力反对，一个未婚的大小伙子突然凭空多出来一个儿子，这让这个观念落后的小镇子里的人会怎样看。李阿姨的家人甚至拿退婚来威胁老张，老张不是没有犹豫和挣扎，可痛苦地纠结过后还是选择了我。也因此，李阿姨的家人强迫她和老张断了联系。

之后，老张便用他那笨拙但真诚的爱关心我、爱护我，老张甚至决定终身不娶，一辈子和我相依为命。也许是李阿姨的坚持和痴情感动了家人。几年后，李阿姨的家人终于同意不再干涉她和老张的恋情。李阿姨和老张商量好了，婚后暂时不要孩子，要把全部的爱都给我。不想事情却发生了意外，我的亲生父母，也就是当年狠心遗弃我的那两个人找上了门。听了他们难以言说的苦衷和撕心裂肺的哭诉，看了他们如今富足的生活条件，老张又一次陷入了痛苦的挣扎中。最终，老张又一次做出了让所有人意外的决定：把我送回到亲生父母身边。但他对我的亲生父母提出了唯一的要求，不要告诉我真相，他说他想永远以亲生父亲的身份留在我的记忆里。

六

姑娘的话让我心里突然起了大浪，对老张的思念也不可抑制地疯长

起来。我曾告诉过自己，无论发生什么情况，都不会再原谅老张。可是现在，我对老张的恨意一下子就土崩瓦解了，或者说，也许在心灵深处，我从来都没有恨过老张，有的只是对老张无比的眷恋和怀念。

我站起身来，激动地对姑娘说，我要见老张，我们去见老张。此刻，我的心情是那么迫切，一如当年我逃回家时的那种迫切和期待。

载于《伴侣》

> 有些爱是无声的，比如父爱。只是默默地付出，等待我们明白的时候，已经过去了好长时间。回想我们这一生，总是亏欠父母的！

尘世小暖

文 / 顾晓蕊

自在飞花轻似梦,无边丝雨细如愁。

——秦观

她是一位70多岁的老人,满头银发,佝偻着腰,脸上的皱纹刻画出岁月的年轮。我是公司的一名普通职员,每天衣着光鲜地坐在办公室里,重复着冗繁单调的工作。我们来自不同的天地,只因偶然的机缘,让彼此的生命从此有了交集。

那是多年前的一天,我端着茶杯急步去茶水间,把迎面而来的人撞了个趔趄。她是位年长的清洁工,俯身扫地,额头上渗满细密的汗珠。

我正要开口道歉,她反而先问道:"姑娘,撞到你了吗?"我笑着摆手说:"我走得太慌了。"随意聊了几句后,这才知道她做清洁工已有些年了,最近刚调到我们楼区负责卫生。

不久后的一天,我倚窗而立,见她在楼下打扫落叶。她挥舞着大扫把一下一下地扫着,金黄的落叶映衬着她瘦弱的身影,显得执着而清寂,让我莫名地想起远在家乡的母亲。

我整理出一摞旧报纸,然后喊她上楼,说:"这些报纸堆在地上挺碍

事，你搬走吧，还可以换些零花钱。"她感激得连声道谢。从那以后，我经常把一些旧报纸送给她，她见到我会主动微笑打招呼。

时间久了，渐渐地知道了她的一些事情。她的爱人曾是公司的职工，因病去世，这对一个原本清贫的家来说是雪上加霜。公司为了照顾他们母子，同意让在乡下务农的她到厂里做清洁工兼看自行车棚，两间值班室成了她的居所。

一晃十余年过去，她的儿子到建筑工地打工，且已娶妻生子。这时，90多岁的老母亲却又瘫痪在床。为了多挣些钱给老母亲看病，也为了减轻儿子的负担，原本应安享晚年的她仍在辛苦劳作。

总结其大半生的经历，可谓命运多舛，令人慨叹。然而，说起这些时，老人却是一脸的平静，她说："在我小的时候，吃不饱穿不暖的，现在的生活很好，很知足了。"

后来有几次，我整理出女儿穿不着的衣服，拿去送给她的小孙女。老人每回都是既欢喜，又过意不去，连声说道："谢谢，真是谢谢你了。"

有一天临时加班，直忙到暮色四合，当我拖着疲惫的身子走出厂门口时，见她站在风里眺望。看见我后，她赶紧迎上来说："我今天从老家回来，给你背了半袋面，等了半天终天等到你了。"

她又说："你对我那么好，我都不知道给你点啥好，这是自家磨的玉米面，烧稀饭可香了。"

那一霎时，仿佛有千万朵荷花在眼前盛开，我心中涌起一股难言的感动。她没读过几年书，"投之以桃，报之以李"的道理她说不上来，但她记得别人对自己的好，并把它当作一种感恩，一种铭记。

这让我感到羞愧，甚至有些难为情，我给予她的是舍弃的"旧物"，而她还报给我的是汗水凝成的"礼物"。我抱着那半袋面离去，就如同怀抱着一颗沉甸甸的心。

后来，这样的场景不时出现。她从老家带回的礼品中，有带着泥土和露水的蔬菜或又甜又脆的瓜果。为了不拂她的好意，我笑着接了过来，之后再用别的方式，悄悄地还之以礼。

有时她在清扫地面，看到我从身边走过，会停下手里的活，朝着我温和地笑笑。如果看我不是太忙，还会上前搭几句话。闲聊中，她得知我爱好写作，话语里更多了几分敬重。

隔了几天，她在路上等我，递上一卷透着香气的烙馍。我谢过她正要离去，老人关切地说："姑娘，写文章很费脑子的，你看上去瘦了，记得多吃点饭啊！"我点点头，认真地说："好，我记得了。"

就在我一转身的那一刻，只觉心绪迭起，万千奔涌。在这座小城里，除了爱人和孩子以外，我没有别的亲人。如今我已近不惑之年，只有她仍称呼我姑娘，留意到我的胖瘦，我知道她是真的心疼我。

那天下班路过车棚，看见老人坐在大树下，怀里抱着孙女在哄睡觉，一边拍，一边轻轻地哼唱。阳光透过树隙散落一地斑斓，我缓缓地从她面前走过，两人会意地相视一笑。恍然间，觉得有点像黑白老电影里面的场景，我多么希望时光停留在这温馨的一刻。

载于《满分阅读》

我突然想起家里的老人，小时候总是被照顾和疼爱，一晃都这么多年了，就突然想家了。

藏在心底的那一抹柔软

文 / 晓蕊

因为爱过，所以慈悲；因为懂得，所以宽容。

——张爱玲

一

初秋的一天，我们公司组织去画眉谷旅游。开车的是司机张师傅，他为人忠厚，平时沉言少语，大家都亲切地称呼他"张哥"。

车开了两个小时后进入山区，行到拐弯处时，遇到了一件意想不到的事。就在前方不远处，几只灰褐色的山鸡在路上悠闲地溜达着。张哥想刹车已来不及了，他放慢车速，鸣起喇叭，想把山鸡惊飞。

只见一只老山鸡扇动翅膀，"扑棱棱"地向前奔去，把吓得惊慌失措的小山鸡赶往路边。他急忙调转方向盘，让车从它们的空隙间穿过，但还是隐约听到异样的声响。

当车停下来时，他跳下车向车尾处跑去。老山鸡身后溅出一道血花，小山鸡们伸着脑袋啾啾地哀鸣着。以老山鸡的健壮体魄，原本可以逃过一劫，想到这里，他不由得心里一颤，双手托起它放进草丛里。

上车后，他难过地说："咳！撞死一只山鸡。"那声音像一阵轻风，被大家的说笑声淹没。到达景区后，我们穿行在山林间，尽赏秋色斑斓。看到张哥挎着相机，不时有人冲他喊："来，给我拍一张。"

到家后，我点开张哥的 QQ 空间，看他拍的照片，却意外地读到一篇短文。他记录了路上发生的事情，在结尾处不无伤感地写着："面对如此伟大的母爱，我的心好痛。唉！"

我的心，跌落在这云朵般柔软的叹息里。忽然明白为什么晕车的我，那天感到格外地踏实，一个对自然界弱小生命充满敬意的人，心中自会多一份责任与担当。

二

有一天，母亲买菜时突然昏倒，被送往医院。经过一番检查后，医生说是心跳过缓引起的，建议安装心脏起搏器。

我跟医生沟通确定了手术方案，手术时间定在次日下午，负责手术的是该院心血管内科的梁主任，听说是位颇有盛名的医学专家。

我正犹豫要不要给他送红包，抬头见母亲苍白的脸上显露出忧虑的神情，额头上渗满细密的汗珠。经过一番考虑，我还是揣着钱来到主任办公室。

起初，主任客气地回绝，后来经过几番推让，还是收下了红包。我长嘘了一口气，回病房把情况跟母亲讲了，她心里这才稍稍安定下来。

手术进行得很顺利，母亲的身体日渐好转，主任多次到病房巡视，嘱托按时服药及保养事宜。母亲说："医生还是挺负责的。"我低声附和道："那是！收了红包态度就是不一样。"

过了几天，母亲要出院了。我去收费处办理出院手续，发现押金多了些，细问之下才知是主任转来的，正是我付的红包钱。

原来他是怕病人心理负担过重，用一种委婉的方式，悄悄地回绝了患者家属的好意。我想去跟梁主任道个别，顺便表示感谢，谁知办公室的门敞开着，但他人却不在。只见桌子上的玻璃下压着个纸条，上面写着一行

小楷："吾厚吾德。"

那字迹刚劲而飘逸，透着古朴与禅意，看上去严谨刻板的医生，也有温软柔和的另一面。这让我既感动，又惭愧，怔怔地默立片刻，眼角泛起一阵潮意。

三

下面这个故事是听邻居刘姨讲的：

那天，她正在屋里做家务，听到一阵急促的敲门声。打开门，是一位陌生的邮递员，他从邮包里掏出一张贺卡，一脸着急地说："你快看看，是不是出啥事了？"

刘姨疑惑地接过来一看，刹那间泪如雨下，她顾不上跟邮递员多说，转身回屋给女儿打电话。

事情的起因是这样的，她的女儿在网上认识了一位年轻男子，深深地陷入这场恋情中，却遭到父母的极力反对，她和家人大吵了一架后离开了家。

交往一年后她才发现那男人是一只多情的蝶，并不肯为某一朵花停驻。正值春节临近，羞愤交织的她含泪在贺卡上写道：妈妈，请原谅这个不听话的女儿，这是我最后一次跟您道声祝福了……

邮递员送信时发现地址有误，原来女孩的父母因旧房拆迁搬了家。他看到贺卡上的内容，意识到可能是一位女孩跟家人的最后道别。他不由得心急如焚，忙向周边的居民打听，终于问到新的地址。

彼时天色已晚，又下着大雪，可他觉得一刻都不能再等了。在雪地上蹒跚行走了近一个小时，他终于找到收信人刘姨。于是，就出现了开头的那一幕。

这封及时送达的贺卡，拯救了一颗濒临绝望的心。在母亲的苦苦相劝下，女孩踏上了回家的路。然而，让刘姨感到遗憾的是，至今不知道那位邮递员的名字。

  林清玄曾说："柔软心是莲花，因慈悲为水、智慧做泥而开放。"纵观尘世，确如他所言，心中蕴藏着柔软的人，更具仁爱悲悯之情。亦唯其如此，人生的荷塘里才能开满清净的莲花，微风吹来，花香盈怀。

载于《正能量·美文馆》

  慈悲是大爱，是内心的柔软。一颗慈悲的心，可以像花香那样令人沉醉。

那些幸存的孩子

文/卓然客

> 父母可以牺牲自己的一切，包括自己的生命。
>
> ——达·芬奇

2010年5月12日，这是一个令人悲伤的日子。利比亚航空公司一架客机坠毁，有92名乘客和11名机组人员遇难，只有一名荷兰籍10岁男童幸存，创造了一个生命的奇迹。

看完这则新闻，我陷入了沉思。那么多体格健壮的成年人，那么多飞行经验丰富的机组人员，为什么偏偏一个柔弱的小男孩成了唯一的幸存者呢？

科技人员们是这样解释的：因为小孩子体型小，易于躲过四射的爆炸碎片，而且小孩子体液多造血快。

这个答案，我是不满意的。覆巢之下，焉有完卵？体积再小的孩子，也躲不过那般密集的碎片，也承受不了爆炸时那般巨大的冲击波。

空难的具体经过已经无从探求，但我宁愿相信：飞机遇险的消息传来，机舱里一片惊恐。父亲与母亲彼此对望一眼，然后，母亲把孩子紧紧地搂在怀里，父亲迎面搂住了母亲。就这样，两个大人双臂互搂，身体微微弯曲成半弧，合成一个细长的"心"形，孩子被严严实实地护在中间。突然，轰隆一声巨响，浓烟滚滚，大火纷飞，碎片四溅。父亲与母亲的身上插满了飞溅的钢片，鲜血汩汩地流淌。终于，他们痛苦又颇感欣慰地合上了双眼，但是，他们的双手仍然紧紧地搂着对方，他们的怀里，孩子如天使般安详……

我不是科学家，对于小男孩的幸存，我只能这样解释。我相信这是真的，这是唯一的真相。我更相信任何一对父母，在这样的危难情境中，都会做出同样的选择。

2009年6月，也门航空一架空客A310飞机遇到恶劣天气，在科摩罗群岛附近坠毁，153人遇难。仅有1名12岁的女孩儿幸存。

2003年的苏丹航空公司空难中，116名乘员丧生，仅1名3岁男孩生还。

1998年，中国台湾发生的空难造成了196人丧生，仅1名10岁男孩生还。

1997年，一架越南航空公司的飞机坠毁，除了1名泰国男孩幸存外，机上其余65人全部遇难。

1995年，在哥伦比亚，一架飞机在半空中发生爆炸，1名9岁的女孩是唯一的幸存者。

1987年8月16日，美国西北航空公司客机起飞不久引擎瘫痪坠毁，154人死亡，4岁女童生还。

……

所有的这些难道仅仅是巧合吗？

那么多的空难，那么多幸存的孩子，汇成一条感动的河，一刹那间，将我击得泪流满面。如果这个世界上，有人能毫不犹豫地把生的希望留给

他人，把死的结局留给自己，我相信只有父母对孩子。这是一种无私无求、无怨无悔的人间大爱，无论是布衣还是王侯，无论是恶霸还是善民，他们的胸中都有着一颗相同的对子女晶莹剔透的心。

载于《中国青年》

每个父母在道德上是有差异的，可是在孩子这个问题上却是出奇的一致。每个父母都是孩子的守护神，无论在什么时候，孩子就是他们的全部。